아버지의 광시곡

My Father's Rhapsody
by Cho Sung-Ki

Published by Hangilsa Publishing Co. Ltd., Korea, 2024

아버지의 광시곡

잃어버린 그 세월의 초상

조성기 장편소설

"광기의 시대를
살다 간 아버지의
곤고한 일생을 그리다."

한길사

1

"너거 아버지가 말이다, 밤마다 꿈에 나타나는기라."

어머니는 아버지 이야기가 방안의 분위기를 무겁게 만들고 있지는 않나 주위를 둘러보았다.

자식들의 표정은 어머니의 이야기에 호기심을 나타낼지언정 어두운 편은 아니었다. 어머니는 침을 한번 꿀꺽 삼키고 나서 이야기를 이어나갔다.

"꼭 생시같이 나타나서 나랑 지내다가 가는기라."

아버지가 어머니랑 꿈속에서 어떻게 지내다가 갔는지 그 구체적인 전말에 관해서는 일절 언급하지 않았다. 그래도 어머니의 밝아지는 얼굴로 인하여 그 모든 것을 능히 상상할 수는 있었다.

아마 어머니와 아버지는 젊은 날로 되돌아가 신혼 때와 같은 잠자리를 마련했을 것이다.

"그런데 니 아버지는…"

어머니는 약간 머뭇거리면서 얼굴을 새색시처럼 붉혔다.

"늘상 말이다, 옷을 입고 있지 않은기라. 그런께 벌거벗고 있는기라."

"옷을 하나도 걸치고 있지 않았단 말입니까?"

"하모. 완전히 벌거벗고 있었제."

이번에는 자식들이 얼굴이 뜨뜻해져서 고개를 숙였다.

"그러면서 떠날 때는 '내 옷 입혀줘, 입혀줘' 하는기라. 며칠 그런 꿈이 이어지길래 니 아버지 생전에 입던 옷들을 몽땅 꺼내어 태워주었지. 그러니께 거짓말처럼 너거 아버지가 꿈속에 옷을 차려입고 나타나는기라. 그러면서 나를 이전보다 더욱 정다운 눈길로 바라보는기라. 그리고 떠나갔는데 그 이후로는 다시 꿈속에 나타나지 않는기라. 참 희한하제."

어머니는 아버지가 꿈속에 나타나지 않는 사실에 대하여 서운함을 느끼는지 텅 빈 표정을 지어보였다.

"너거들은 꿈속에서 아버지를 보는 적이 더러 있나?"

자식들도 이제는 아버지를 꿈속에서 보는 일이 드문 듯 머리를 천천히 가로저었다.

"너거 아버지는 이제 참말로 저승길에 올랐는갑다."

6

어머니는 그리움이 가득 담긴 눈길로 천장 쪽을 올려다보았다.

2

나는 법대에 들어와 고등고시냐 문학이냐 고민을 하다가 몸과 마음이 극도로 쇠약해진 가운데 고시도 포기하고 문학도 포기하는 제삼의 길, 즉 종교에 몰입하게 되었다. 내가 고시를 포기하고 문학의 길로 들어서면 어쩌나 걱정을 하고 있던 아버지는 내가 문학마저 포기하고 예수쟁이로 변해가자 무척이나 당황하지 않을 수 없었다.

"그러려면 문학이라도 하거라."

이렇게 맥없이 중얼거리는 아버지의 눈에 눈물이 글썽거리기도 했다.

아버지는 고민 끝에 친구를 찾아가 의논했다. 아버지 친구는 아버지를 격려하며 무엇보다 기독교를 연구하여 아들보다 그 방면에서 앞서 있어야 대화도 할 수 있고 설득도 할 수 있다고 충고했다. 아버지는 그 말에 힘을 얻고 기독교에 대해 고시 공부하듯이 연구해나갔다. 그러는 동안 나는 종교활동 범위를 법대 구내에서 문리대 교정으로까지 넓혀나갔다.

하루는 문리대 마로니에 숲 그늘 벤치에 비스듬히 누워 있는데 저쪽에서 오락가락하고 있는 여학생 하나가 눈에 띄었다. 그 여학생은 보통 문리대 여학생과는 판이한 옷차림과 장신구들을 하고 있었다. 머리에는 예쁜 모자를 쓰고 손에는 색깔이 요란한 작은 양산을 들고 어깨에는 알록달록한 가방을 걸메고 있었다. 거기다가 초미니스커트까지 입고 있었으니 사람들의 눈길을 끌지 않을 수 없었다.

그 여대생은 누구를 기다리고 있는 것 같지도 않았다. 그저 자신의 아름다운 각선미와 장신구들을 사람들의 시선을 의식하며 과시하고 있는 듯싶었다. 나는 그녀를 전도의 대상으로 삼기로 했다. 문리대 여대생이 저런 화려한 복장을 하고 대낮에 교정을 거닐다니. 저 영혼은 얼마나 가련할 것인가. 얼마나 심한 갈증 가운데 허덕이고 있을 것인가. 문리대의 사마리아 여자가 아니고 무엇인가.

그후 여러 과정을 통하여 그 학생과 접촉하게 되고 그녀의 집까지 심방 가서 예수를 믿도록 권면하기도 했다. 차츰 그녀의 마음에 변화가 일어나는 것 같더니 긴 머리가 단발로 변하고 머리의 모자가 달아나고 옷 색깔이 단색으로 바뀌고 치마의 길이도 대폭 길어지고 양산도 자취를 감추고 가방도 평범한 것으로 대체되었다. 문리대에서 가장 멋있던 그녀가 별 볼품없는 여대생으로 탈바꿈을 했다.

도대체 그녀가 그렇게 변화된 계기가 무엇일까 하고 문리대생들이 호기심을 가지게 된 것은 당연한 일이었다. 나는 그녀를 변화시키는 데 중요한 역할을 했다는 비밀스런 자부심을 가지게 되었다.

그런데 나중에 알고 보니 아버지가 나 때문에 고민이 되어 찾아갔던 친구가 바로 그 여학생의 아버지가 아닌가. 이번에는 자기 딸이 예수쟁이로 변해가는 기막힌 현실 앞에서 그녀의 아버지가 나의 아버지를 찾아왔다. 그러나 그들은 뾰족한 수를 찾지 못하고 희한한 인연으로 인하여 혀를 내둘렀을 뿐이었다.

이 모든 사실을 아버지를 통해 들은 나는 그녀가 친척처럼 더욱 정답게 느껴졌다. 부산 출신이라는 공통점, 아버지들끼리 동병상련하는 친구들이라는 점, 무엇보다 예수쟁이로서 고난을 함께 감당한다는 동지의식 같은 것이 그녀와 나의 유대를 자못 공고히 해주었다.

3

아버지는 나를 예수라는 존재에 빼앗기고 가슴이 갈기갈기 찢어지기 시작했다.

드디어 아버지는 술에 만취된 채 내가 속해 있던 선교단체를 쳐들어왔다. 조용히 저녁 기도회 모임을 가지고 있던 중이었다. 선교단체 지도자의 이름을 외쳐 부르는 아버지의 고함소리와 함께 출입문이 드르륵 거칠게 열렸다.

"야, 이놈들, 시대가 어떤 시대인데 이러고들 있어? 꺼억, 데모를 하려면 데모를 하고 공부를 하려면 공부를 하든지 해야지, 그래, 꺼억, 성경 나부랭이나 뒤적이며 아멘 하고 자빠져 있어?"

얼떨떨해하는 회원들을 향해 아버지는 삿대질을 해대며 이리 비틀 저리 비틀 몸을 제대로 가누지도 못했다. 지도자는 얼른 기도실 안으로 숨어버리고 나와 회원들은 아버지를 양쪽에서 부축하여 밖으로 급히 데리고 나왔다.

아버지를 한쪽에서 부축하고 있던 덩치 있고 키가 큰 학생을 아버지가 흘끗 올려다보면서 빈정거렸다.

"도적놈같이 생겨가지고. 넌 무슨 과야? 너도 법대야?"

"저는 문리대 식물학과입니다."

"그런 과도 있어? 꺼억, 야, 이놈 너도 정신 차리고 공부 좀 해."

"예, 예 공부도 하고 있습니다."

그 학생은 욕을 들으면서도 내 아버지라는 사실을 염두에 두었는지 끝까지 예의를 지키려고 했다.

내가 화가 나서 아버지를 무섭게 노려보았다. 그러자 아버지는 이상하게 기가 꺾이면서 회원들이 잡아온 택시 속으로 순순히 허리를 구부려 들어갔다.

나는 대학 3학년 여름방학 어느 날 밤 아버지에게 폭탄선언을 했다.

"아버지, 저는 이제 고시 공부를 하지 않기로 했습니다."

아버지의 눈에서는 불똥이 튀는 것 같았다.

"그럼 뭐가 될라카노?"

"저는 좀더 깊이 있는 일을 하고 싶습니다."

"이놈, 미미, 미쳤나? 법대까지 들어가놓고, 현실을 직시해야지."

"현실은 직시하는 것이 아니라 변화시키고 개혁해야 한다고 생각합니다."

"뭐, 뭐라카노?"

"저는 사람의 마음을 가장 깊이 있게 효과적으로 변화시키는 일을 했으면 합니다."

"그기 뭔데? 니, 목사 될라카나?"

"꼭 목사가 되겠다는 것은 아니고… 아무튼 판검사나 변호사는 제 적성에 맞지 않는다고 생각합니다."

"적성, 적성 하지만, 사실은 자신이 없어서 그런 말들을 하는 기라! 차라리 고시 공부할 자신이 없다고 그래! 넌, 독학으로 고시에 도전한 나보다도 못한 놈이야! 비겁한 놈이야!"

아버지가 앉은 자세 그대로 걸치고 있던 러닝을 두 손으로 움켜쥐더니 부욱 찢어버렸다. 목 테두리 부분은 찢어지지 않고 아래쪽만 둘로 갈라졌다. 아버지의 가슴과 배의 허연 속살이 그대로 드러났다.

아버지는 벌떡 일어나더니 찢어진 러닝을 벗어 목 테두리

부분까지 끊어내려는 듯 이빨로 물어뜯었다. 그 순간은, 아버지가 차마 나를 물어 죽이지는 못하고 그 대신 애매한 러닝을 짓씹고 있지 않나 싶었다.

"아…, 아…"

아버지는 괴성을 지르며 양손에 러닝 조각을 들고 무당처럼 펄쩍펄쩍 뛰기 시작했다. 나는 저러다가 사람이 돌아버리는 게 아닌가 더럭 겁이 났다.

아버지는 찢어진 러닝 조각을 양손에 움켜쥔 채 방을 뛰쳐나가 대문을 달려나갔다.

캄캄한 밤 속으로.

4

4·19 혁명 직후 아버지는 부산지부 초등학교 교원노조 위원장이 되었다. 『부산일보』와 『국제신보』에 아버지의 사진과 이름이 실려 있는 것을 종종 보기도 했다. 그런데 아버지는 교원노조 운동을 밀고 나가는 데 어려움이 많은 것 같았다. 무엇보다 정부에서 정식 인가를 내주지 않고 불법단체로 취급했다.

노조위원들은 아버지를 중심으로 토성국민학교 강당을 점거하여 단식투쟁을 벌이기도 했다. 어머니와 나는 단식투쟁을 벌이고 있는 아버지를 만나기 위해 대신동 쪽에 있는 그 학교를 찾아간 적이 있었다. 교문에 걸린 광목천에는 혈서인지 붉은 페인트 글씨인지 '결사 투쟁'이라는 글귀가 씌어 있었다.

어머니와 내 손에는 인절미와 음료가 들려 있었다. 단식투쟁 중이라지만 아버지를 몰래 불러내어 슬쩍 음식을 먹이려고 했다.

아버지는 나와보지도 않았다. 어머니의 얼굴에는 수심이 가득했다. 그런 단식투쟁들이 몇 차례 더 치러졌다.

그때는 나라 전체가 온통 데모로 술렁거렸다. 그러다가 가장 큰 데모가 일어났는데, 그것은 다른 모든 데모들을 잠잠하게 만들어버렸다. 나는 그때 처음으로 '쿠데타'라는 단어가 세상에 존재하고 있다는 사실을 알았다. 그 단어를 익히는 데 꽤 시간이 걸렸다. 신문은 온통 검은 안경을 쓴 키 작은 장군의 모습으로 채워졌다.

며칠 후 아버지는 행방불명이 되었다. 아버지가 이 세상 어디에 존재하는지 도대체 알 수가 없게 되었다. 형사 같은 사람들이 아버지를 교실에서 데리고 나갔다는 소문을 듣고 어머니는 부산 시내에 있는 경찰서, 파출소 들을 찾아다녔으나 아버지는 보이지 않았다.

무서운 공포가 우리 집안을 엄습했다. 나는 신문에 가득한 그 장군의 검은 안경이 두려웠다. 그 검은 안경은 모든 것을 잔인하게 삼켜버리고 말 것만 같았다. 아버지는 그 검은 안경 속으로 빨려 들어갔음에 틀림없었다.

드디어 어머니는 아버지가 육군형무소에 있다는 것을 알게 되었다. 어머니와 나는 단식투쟁을 하고 있는 아버지를 찾아갔듯이 서면 쪽에 있는 그 형무소를 찾아갔다. 그 당시 면회는 생각도 할 수 없었다. 그곳에는 같은 처지가 된 가족들이 제법 몰려와 있었다. 그들은 우리에게 면회할 수 있는 방법을 알려 주었다. 오후 세 시쯤 형무소 뒤쪽에 있는 변소로 아버지와 같은 사람들이 줄을 지어 인솔되어 오는데 그 근방 철조망 가에 붙어 서 있으면 얼굴이라도 볼 수 있다는 것이었다.

어머니와 나는 그들과 함께 형무소 담을 끼고 돌아 뒤쪽 철조망 있는 데로 갔다. 과연 철조망 바로 너머에 판자로 엉성하게 지어놓은 변소가 있었다. 네 칸이 연결되어 있는 간이변소였다. 철조망 가에는 시커먼 물이 괴어 썩어가고 쓰레기들이 지저분하게 흩어져 온갖 악취를 풍기고 있었다. 그 악취 속에 사람들은 서 있었다. 일 분 일 분이 초조하게 지나갔다. 철조망 너머 운동장에는 머리를 박박 깎은 죄수들이 제초 작업 같은 것을 하고 있었다.

이윽고 저 멀리 운동장 건너편에서 이쪽으로 다가오는 행렬이 보였다. 사람들이 술렁거렸다. 그 행렬은 머리를 깎고 있지 않았다.

나는 철조망으로 바짝 다가가 그 행렬을 지켜보았다. 키가

19

작은 아버지가 맨 앞에 있었다. 보름 가까이 보지 못한 아버지의 모습이었다. 이상한 군복 같은 것을 입고 있었다.

그 행렬은 운동장을 가로질러 다가와 차례로 변소에 들어갔다. 변소에 들어간 사람들은 각각 변소 창문을 통해 이쪽을 내다보았다. 유리도 없는 창문은 얼굴이 하나씩 들어가 있는 초상화 액자들 같았다.

아버지는 어머니와 나를 발견하고는 손을 흔들며 웃음을 지어보였다. 어머니와 나는 눈물을 흘리느라고 아버지의 얼굴을 제대로 볼 수 없을 정도였다. 변소에 들어간 사람들은 식구들을 향해 몇 겹으로 접은 종이쪽지를 던지었다. 아버지도 종이쪽지를 던졌다. 그 종이쪽지들은 물웅덩이에 떨어지기도 하고 쓰레기 범벅이 되어 있는 잡초들 사이에 떨어지기도 했다.

사람들은 바짓가랑이를 걷고 물웅덩이 안으로까지 들어가 종이쪽지를 집어들기도 했다. 어머니와 나는 잡초들을 헤쳐 아버지가 던진 종이쪽지를 찾아내어 펼쳐보았다. 마음을 굳게 먹으라는 격려와 아버지 친구 변호사를 찾아가보라는 내용 등이 간단히 적혀 있었다.

시간이 5분가량 지난 후 사람들의 얼굴이 초상화 액자에서 하나씩 하나씩 사라졌다. 아버지는 변소 창문 너머로 손을 내밀어 올리며 가보라는 표시를 해보였다. 그러고는 변소를 나가 행렬 속으로 다시 들어갔다. 이번에는 돌아서 있는 행렬의 앞쪽으로 갔기 때문에 아버지가 잘 보이지 않았다.

어머니가 내 손을 살며시 잡아끌었다. 어머니와 나는 쓰레기와 악취 속을 빠져나와 논둑길로 올라섰다. 행렬은 뒷모습만 보이면서 넓은 운동장 저쪽으로 자그맣게 사라져가고 있었다. 그것이 형무소에 있는 아버지와의 최초 변소 면회였다.

5

아버지는 한 달쯤 지나 동료들과 함께 육군형무소에서 영도경찰서로 이송되었다. 영도경찰서에서는 가족들에게 정식 면회가 허락되었다.

어머니는 일주일에 한 번 있는 면회일이 다가오면 닭을 인삼과 함께 푹 고아 삼계탕을 만들어 영도다리를 건너갔다.

그 면회일은 영도경찰서에 잔치가 벌어진 날 같았다. 사람들은 햇빛이 눈부신 경찰서 뒤뜰 자갈길에 앉아 정담을 나누며 음식을 먹고 권하기도 했다. 경찰서에서 수고하는 형사 순경들까지 대접해드렸다.

아버지가 얼마나 맛있게 음식을 먹는지 몰랐다. 유치장에서는 술을 입에 댈 수 없어서 그런지 얼굴은 이전보다 좋아진 것 같기도 했다. 아버지가 음식을 다 먹고 물을 찾으면 어머니는 몰래 숨겨온 소주를 물인 양 몇 잔 부어드리곤 했다. 그러면 아버지는 기뻐서 어쩔 줄 모르며 짐짓 목소리를 높였다. 형사들은 알면서도 모른 체해주고 있음에 틀림없었다. 아직 취조를 받고 있어 죄수라 할 수 없는 사람들이고 또 일선 교사들이기에 어느 정도 너그럽게 봐주고 있는 모양이었다.

나는 일주일 중 그 면회일이 늘 기다려졌다. 왜냐하면 아버지가 보고 싶기도 했고 그날은 어떤 날보다도 맛있는 것을 많이 먹는 날이었기 때문이다.

아버지는 영도경찰서 유치장에 있으면서도 틈만 나면 나의 중학 입시에 도움이 되도록 휴지에다가 메모를 해주곤 했다. 유엔 사무총장은 함마슐드라든지 최초의 우주비행사는 유리 가가린이라든지 하는 내용들이 깨알 같은 글씨로 빽빽이 적혀 있었다.

아버지는 얼마 후에 서울 서대문형무소로 압송되어 갔다. 그날 새벽에 어머니는 한복을 곱게 차려입고는 나를 데리고 부산역 플랫폼으로 나갔다.

아버지는 한 형사와 같은 수갑에 채워져 있었다. 그렇게 두 사람이 한 손목씩 수갑에 채워져 몇 쌍을 이루고 있었다. 일반 승객들로 붐비는 그 플랫폼에서 나는 아버지의 손목을 두르고 있는 차가운 금속을 훔쳐보았다. 아버지는 자꾸만 다른 손으로 소매를 내려 수갑을 감추려고 했다.

아버지는 몇 마디 당부의 말을 남기고 형사들의 인솔을 받으며 동료들과 함께 기차간에 올랐다. 일반 승객들이 타고 가는 기차간이었다. 승객들은 압송당하는 사람들을 흘끗흘끗 곁눈질해 보았다.

어머니는 의연한 자태로 다른 가족들과 함께 삼랑진까지 갔다 올 요량으로 기차간에 뒤따라 올랐다. 경찰에서 삼랑진까지는 가족들이 따라와도 좋다고 인심을 베풀어준 모양이었다.

기차는 늦가을 새벽 하늘을 가르는 기적 소리를 내며 바퀴를 굴리기 시작했다. 아버지와 어머니가 차창 너머로 플랫폼에 서 있는 나를 내다보며 손을 흔들었다. 나도 손을 흔들었다. 하지만 어머니마저 서울로 압송되어버리면 어쩌나 걱정되었다.

나는 기차 꽁무니에 달린 빨간 불빛이 새벽안개에 잠겨 사라질 때까지 계속 손을 흔들었다.

혼자 고개를 숙이고 부산역을 빠져나올 때, 아버지의 손목을 채우고 있던 차가운 금속이 자꾸만 눈앞에 어른거렸다. 내눈에서 흐르는 눈물이 그 차가운 금속 위에 떨어져 미끄러지고 있었다.

그 차가운 금속은 우리 집과 우리나라의 모가지를 옭아매는 '칼'처럼 여겨졌다.

6

아버지가 육군형무소에 갇혀 있던 여름 무렵, 집에서 수박을 먹다가 이런 시원한 수박을 먹고 싶어도 먹지 못하는 아버지를 생각하며 일기를 썼다.

일기 쓰기는 아버지가 국민학교 1학년 때부터 반강제로 키워온 습관이었다.

6학년 담임선생은 일기 발표 시간에 특별히 내 일기장을 들고 자신이 직접 낭독을 해주었다. 아이들에게 일기를 쓰려면 이렇게 쓰라고 본을 보여주는 셈이었다. 그런데 '수박' 대목에 와서 담임선생이 제대로 읽지 못하고 울먹이는 게 아닌가. 동료 교사였던 아버지라 더욱 마음이 아팠던 모양이었다.

그때 나는 생전 처음 내 글을 읽고 우는 최초의 독자를 만났다. 그것도 담임선생이라니.

내가 중학 입시에 합격한 얼마 후 국민학교 나머지 기간을 다니던 어느 날, 수업시간 중에 담임선생이 조용히 나를 골마루로 불러내었다. 골마루에는 어머니가 고개를 숙인 채 가만히 서 있었다. 나는 아버지가 집으로 돌아온 것을 직감할 수 있었다.

집에 와보니 아버지는 깨끗한 한복을 입고 동료들에 둘러싸여 있었다. 집 안은 술판이 벌어져 명절 같은 분위기였다. 나는 아버지에게 큰절을 올렸다. 아버지는 내 머리를 연신 쓰다듬어주었다.

나는 둘러앉아 있는 사람들 틈으로 엉거주춤 끼어들어갔다. 아버지는 그 특유의 입심으로 무용담을 늘어놓듯 그간의 일들을 들려주었다. 아버지는 여전히 유머를 잃지 않고 있었다. 사람들은 아버지의 이야기에 박장대소하며 배꼽을 쥐었다. 나는 죄수가 돌아온 것이 아니라 작은 영웅이 돌아온 것 같은 착각에 빠졌다.

그 이후로 아버지는 영락없는 실직자가 되었다. 아이들을 몇 명 모아 과외지도를 해보기도 했지만, 그것도 제대로 가르치는 날이 별로 없었다. 거의 밤마다 술에 취해 돌아왔는데, 대문으로 들어서기가 무섭게 나를 깨워 바깥으로 나가보라고 성화를 부리기 일쑤였다.

"누가 나를 따라왔어. 아직도 있나 보고 와!"

내가 졸린 눈을 비비며 나가보면 골목길에는 누런 외등만이 쓸쓸하게 서 있을 뿐이었다. 내가 퉁명스럽게 아무도 없다고 보고를 하면 아버지는 틀림없이 누가 따라왔다고 억지를 부리며 내 뺨을 후려갈기는 적도 있었다.

나중에 안 사실이지만 그 당시 중앙정보요원이 요시찰인물인 아버지를 감시하며 미행했던 모양이었다. 아버지는 날이면 날마다 술 취한 모습을 그 정보요원에게 보임으로써 경계를 풀도록 유도했는지도 모른다.

아버지는 출감한 이후에 시국에 관한 이야기는 거의 하지 않았다. 술기운을 빌려 감히 욕을 해서는 안 되는 그 장군에 대해 가끔 욕설을 퍼붓기도 했는데, 그때마다 어머니가 아버지의 입을 틀어막았다.

아버지는 집에 있는 동안에는 일본 방송을 자주 들었다. 특히 야구 중계에 열심이었다. 홈런 같은 것이 터지면 혼자 박수를 치고 야단이었다. 일본 사람들은 야구 구경만 하고 사는지 라디오에서는 쉬지 않고 야구 중계가 이어졌다. 아버지는 일제강점기에 일본에서 상업고등학교를 나와서 그런지 일본 말을 다 알아듣는 것 같았다.

내 귓속은 늘상 일본 아나운서의 혀 짧은 소리로 가득 차 웅웅거렸다. 학교에 갔을 때도, 동네 아이들과 뒷산에 올라가 있을 때도 내 귀에는 그 야구 중계방송이 도깨비바늘처럼 들러붙어 있었다.

아버지는 더욱더 야구 중계에 미쳐갔다. 하나도 알아들을 수 없는 말들만이 울리고 있는 방안에서, 나는 우리나라에서 일어나고 있는 일들의 의미를 알지 못해 어리둥절해하고 있었다. 나에게는 그 검은 안경 장군을 중심으로 돌아가는 우리나라의 모든 사태가 일본의 야구 중계 같은 것이었다.

아버지는 실직자가 되기 전에도 어디 여행을 갔다 오면서 선물을 사오는 적이 거의 없었다. 고등고시를 본다고 서울로 올라가곤 했는데 시험을 마치고 돌아올 때에도 선물을 잘 보지 못했다. 나중에는 으레 그러려니 하고 선물을 아예 기다리지도 않게 되었다.

그런데 아버지가 준 선물이 전혀 없는 것도 아니었다. 내가 지금까지 인상 깊게 기억하고 있는 선물로는 세 가지 정도가 있는 셈이다.

내가 국민학교도 들어가기 전에 아버지가 어디서 총천연색 만화책을 한 권 사 왔다. 마치 외국 잡지처럼 종이 질도 좋았던 것으로 기억된다. 나는 그 만화를 보고 또 보았다. 만화의 색감과 내용들은 나의 뇌리에 지울 수 없는 영상을 새겨넣기에 충분했다. 특히 동물들을 잡아먹는 사막 식물의 모습이 충격적이었다. 그 식물은 말과 같은 큰 동물조차도 서서히 감아들이고 빨아들여서 녹여버렸다. 나는 만화 그림을 보면서 내 몸도 그 식물 안에서 녹는 것 같아 소름이 돋곤 했다. 나는 거기서 식물이 동물을 잡아먹는 세계가 있다는 걸 알았고 그 사실은 나에게 말할 수 없는 혼돈을 안겨주었다. 그 혼돈은 새로운 세계에 대한 눈뜸이기도 했다. 그 이후로 눈뜸과 혼돈, 혼돈과 눈뜸은 늘상 동시에 일어나곤 했다.

또 하나의 선물은 학원사에서 발행한 어린이 문고였다. 한번은 아버지가 고시를 보러 서울로 올라갔다가 내려오면서 정말 파격적으로 두 권의 책을 사가지고 와 나에게 선물로 주었다. 『삼총사』와 『장발장』이었다. 나로서는 『삼총사』보다는 『장발장』이 더욱 인상깊었다. 페이지를 넘길수록 장발장은 점점더 큰 인물로 변해갔다. 사람은 어머니의 뱃속에서만 태어나는 것이 아니었다. 소설 속에서도 태어나 엄연히 현실에 존재하고 있었다. 어떤 때는 소설에서 태어난 인물이 어머니 뱃속에서 태어난 인물보다 더욱 생생하게 살아 있는 듯했다.

나는 『장발장』을 여러 번 읽은 후에 현실과 허구를 혼동하는 증세에 한동안 빠져 있었다. 교과서에 실린 『백조의 호수』를 읽고도 그런 증세가 도져 자나깨나 백조들과 어울려 춤을 추고 있었다. 자리에 누워 천장을 올려다보면 천장은 어느새 백조가 가득한 맑은 호수로 변해 있곤 했다. 그 맑고 달콤하고 황홀하기 그지없던 광경.

그다음 아버지의 선물은 중학교 2학년 무렵엔가 주어졌는데, 그것은 좀 특이하게도 영화 구경이었다.

그날 밤, 아버지는 난데없이 나에게 영화를 같이 보러 가자고 했다. 아버지와 나는 어둑어둑해지는 신작로 길을 걸어 초량동 어느 극장으로 갔다.

'휘이 휘이 휘이이이 휙휙휙.'

그 휘파람 소리를 잊을 수 없다. 절망 중에서도 희망을 곱씹어 뱉어내던 휘파람 소리.

「콰이강의 다리」

나는 그 영화를 보며, 어떤 상황에서도 휘파람을 함께 불 수 있는 사람들은 절망의 문턱을 넘어설 수 있다는 사실을 깨달았다.

아버지는 영화를 다 보고 집으로 오는 길에 미행하는 사람이 없나 종종 돌아보며 침울한 표정만 지었다. 아버지의 가슴속에는 한 가닥의 휘파람도 남아 있지 않음을 눈치챌 수 있었다. 나는 아버지의 가슴속에 휘파람을 불어넣기 위해 아버지 옆에서,

"휘이 휘이 휘이이이 휙휙휙."

잘 나오지 않는 휘파람을 애써 불며 밤길을 걸어갔다.

7

아버지가 교실에서 점퍼 차림의 사람들에게 끌려간 일이 있은 지 15여 년이 흐른 후, 아버지가 담임을 맡았던 5학년 반 반장이었던 후배를 부산에서 만났다. 그는 무역업으로 어느 정도 안정된 회사를 꾸려나가고 있었다.

그가 나에게 들려준 이야기를 될 수 있는 한 그대로 옮겨 본다.

성기 형, 형이 '오늘의 작가상'을 받았을 때 내가 얼마나 기뻤는지 몰라예. 아니, 그 전에 소설문학사에선가 『자유의 종』이라는 작품을 냈을 때 나는 그 책을 들고 다니며 얼마나 선전을 했는지 몰라예. 동생들한테도 이 책 읽지 않으면 너거들이랑 이야기도 하지 않겠다고 엄포를 놓기까지 했지예. 아, 거 부산 이야기, 특히 형 아버지 이야기, 바로 내가 옆에서 보고 느낀 것들이기에 되게 실감나대예.

형, 형 아버지가 내 국민학교 5학년 때 담임선생이었다는 거 알지예? 형 소설에서도 좀 나오긴 했지만, 이 사실은 잘 모를 거라예. 난 직접 담임선생님이 끌려가는 장면을 보았지예.

5·16 나고 며칠 지나서인가 하루는 담임선생님이 수업을 하고 있는데 골마루에서 검은 잠바 차림을 한 두 사람이 교실 문을 노크하는 거라예. 선생님은 칠판에 글씨를 쓰다 말고 골마루로 걸어나가 그 사람들과 몇 마디 이야기를 나누더니 다시 교탁으로 돌아왔지예. 그런데 얼굴이 창백해져 있고 말할 수 없이 굳어 있었어예.

선생님은 학생들을 죽 둘러보시고는 반장을 맡고 있던 나를 약간 떨리는 목소리로 부르는 거라예.

"성호 반장, 우리 반 자습시키고 있어. 나 어디 좀 잠시 다녀올 테니까."

그러고는 천천히 교실을 나가 골마루에서 기다리고 있는 사람들과 학교 건물을 빠져나갔지예. 난 교탁에 올라가 아이들에게 조용히 자습을 하라고 윽박지르다시피 해놓고는 교실 창가로 다가가 살며시 커튼을 들치고 운동장을 내다보았지예.

잠바 입은 사람들은 선생님 양편에 서서 걷고 있었어예.

어린 마음이었지만, 선생님이 '잠시' 갔다 오는 길을 가고 있는 게 아니구나 싶대예.

형, 그때 말입니더, 선생님이 조금 걷다가 교실 쪽을 돌아보고 또 조금 걷다가 돌아보고 하셨어예. 그 모습을 난 지금까지도 잊을 수가 없어예. 그런데 말입니더, 선생님이 우리 교실 쪽이 아니라 교실 위쪽을 바라보는 거라예.

교문 앞에는 까만 찝차가 대기하고 있었는데, 선생님 양편에 있던 사람들이 선생님 겨드랑이를 끼더니 그 차에 태우대예. 선생님은 찝차에 오르면서도 우리 교실 위쪽을 또 쳐다보았어예.

그렇게 끌려가신 선생님은, 잠시 갔다 오겠으니 자습하고 있으라 했으면서도, 한 달이 지나고 두 달이 지나고 한 학기가 다 가도록 돌아오지 않았어예. 학교에서는 방학이 되기를 기다렸는지 담임을 새로 정해주지도 않아서 우리는 매일 자습만 했지예.

난 담임이 앉으시던 교탁 의자에 앉아 아이들에게 잔소리를 하며 자습을 시키느라 애를 먹었지예. 아이들이 얼마나 말을 안 듣고 떠드는지.

그러면서 난 운동장을 자주 바라보곤 했어예. 선생님이 다시 돌아오시는가 하고 말입니더. 하지만 조금 걷다가 돌아보고 조금 걷다가 돌아보고 하시던 선생님 모습만 운동장에 어른거릴 뿐, 선생님은 영영 돌아오지 않았어예.

형, 형은 이런 이야기는 처음 듣지예? 지금 와서 돌이켜보니, 선생님이 운동장을 걸어나가면서 뒤돌아볼 때 우리 교실 쪽이 아니라 교실 위쪽을 바라본 이유를 알 거 같다 말입니더. 그때 성기 형은 6학년이라 형 교실이 우리 교실 바로 위쪽에 있었거든예. 선생님은 우리 반 아이들보다 중학 입시를 눈앞에 두고 있는 아들을 더 염려하신 거 아닌가 싶어예.

형이 염려되어서, 형을 한번 보고 싶어서 그렇게 또 돌아보고 돌아보고 하면서, 언제 돌아올지 모르는 길을 가신 거라예. 물론 우리 반 아이들도 걱정하셨겠지만예.

나는 후배의 이야기를 듣는 동안, 내 눈에서 눈물이 흐르고 있다는 걸 눈치채지도 못했다.

8

아버지는 어머니가 동생들을 낳으면 그 탯줄을 넓적한 돌멩이와 함께 시멘트 부대 같은 데 정성스럽게 싸서 나를 데리고 영도다리 밑으로 갔다. 그런 의식을 진행하는 현장에 왜 하필 나를 동참시켰는지.

아버지는 영도다리를 지나 소금기에 절여질 대로 절여진 돌 층계를 내려가 시멘트 둑 위에 섰다. 그 근처 바다는 선박들이 토해놓은 각종 오물과 기름들로 뒤범벅되어 있었다. 바다는 이미 바다가 아닌 폐양廢洋으로 변해 있었다.

아버지는 그 폐양 가장자리에 탯줄 뭉치를 던져 넣었다. 동생이 세상에 태어났다는 그 흔적은 수면에서 잠시 머뭇거리다가 곧 가라앉았다. 동생을 세상에 태어나게 한 것이 무슨 범죄라도 되는 양 범죄의 흔적을 지우듯이 탯줄 뭉치를 바다에 던져 넣던 아버지. 내가 태어났을 때도 아버지는 저렇게 고성 바다에 탯줄을 버렸을 게 아닌가.

나는 그때 세상에 태어나는 것 자체가 범죄라는 사실을 어렴풋이 느끼고 있었다.

그런 날 밤이면 나는 바다 밑 물고기들이 동생의 탯줄을 뜯어먹는 꿈을 꾸곤 했다. 아니, 탯줄은 어느새 갓 태어난 동생의 몸뚱어리로 변하고, 물고기들은 그 야들야들한 동생을 아귀처럼 뜯어먹고 있었다.

아버지는 막냇동생의 탯줄을 영도다리 밑에 버린 지 얼마 되지 아니하여 영도다리와 맞붙은 영도경찰서에 갇혀 취조를 받고 또 받았다. 아버지가 취조를 받던 유치장 옆에는 바다에서 떠오른 시체들을 임시 보관하는 영안실이 있었다. 팔다리가 상어에게 먹힌 시체, 머리가 없는 시체, 물고기들이 두 눈을 파먹은 시체, 퉁퉁 물에 불어 해파리처럼 된 시체….

탯줄을 바다에 던져 넣을지언정 바다에 빠져 죽을 일은 아니다.

아버지는 동생들 성적에는 별 관심이 없으면서도 내 성적에는 지나치게 집착했다. 끊임없이 공부를 하도록 독촉했고, 내가 획득한 시험 성적들을 훤하게 꿰고 있었다. 시험 때가 되면 나보다도 아버지가 더욱 안달을 부렸다. 아버지는 술에 취해 와서도 내 시험에 대한 관심을 놓은 적이 없었다.

"이번 시험 잘 보았제? 물론 반에서는 일등 하겠제? 전교 일등도 해야제. 암, 해야 하구말구."

중학교 2학년 말 시험 때 30점 만점인 물상 시험 성적이 23점밖에 나오지 않았다. 그 무렵 나는 길거리 포장마차에서 오뎅을 사먹고 체하여 제대로 밥도 먹지 못하고 토하기 일쑤였다. 얼굴이 퉁퉁 붓기도 했다. 그 바람에 물상 시험을 잘 못 본 모양이었다.

이미 술에 취한 아버지는 '23'이라는 붉은 숫자가 적혀 있는 물상 시험지를 손에 들고 흔들며 소리를 높였다.

"어찌 30점 만점에 23점을 받을 수 있어? 응? 1학년 때 전교 1등 하라 했는데 전교 4등밖에 못 했잖아. 2학년 성적은 더 올라야 될 거 아냐!"

추운 날씨에 마루에서 무릎을 꿇고 아버지의 꾸지람을 듣던 나는 그만 졸도하고 말았다. 당황한 어머니가 나를 들쳐업고 영주동 터널 근처 의원으로 달려갔다.

이틀간 내 의식이 돌아오지 않자 의사가 심각한 부작용을 각오하고 뭔가 강력한 주사를 놓았다고 했다. 내가 정신이 돌아와 눈을 떴을 때 온통 시야가 깜깜했다.

"눈이 안 보여, 안 보여!"

내가 놀라서 비명을 질렀다. 의사가 내 팔뚝에 주사를 놓는 것 같더니 어머니에게 말했다.

"곧 잠들 겁니다."

다음에 눈을 떴을 때는 사물과 사람들이 보였다.

다음 날 퇴원해서도 며칠 후 다시 어머니 등에 업혀 의원으로 도로 가 응급치료를 받고 하면서 사경에서 벗어나는 데 보름 가까이 걸렸다.

1학기 성적이 좋아서 그런지 물상 점수가 떨어졌어도 2학년 종합성적이 전교 2등으로 올랐다. 아버지는 3학년 때는 기어코 전교 1등을 쟁취하고 수석으로 졸업해야 한다면서 기염을 토했다. 아버지의 극성에 떠밀려 나도 카페인 성분이 들어 있는 잠 안 오는 음료들을 분별없이 흡입하며 다락방에서 불철주야 공부에 매달렸다.

3학년 올라가서는 월말 시험에서 전교 1등상을 받는 경우가 부쩍 늘어났다.

그런데 졸업 무렵 성적이 발표되었을 때 나와 경쟁을 하던

1반 아이가 전교 1등이 되고 나는 2학년 때와 마찬가지로 2등에 머물렀다. 그러나 아버지는 그 성적 발표에 승복하지 않았다.

추운 겨울날 오후, 아버지는 두터운 오버 속에 주판을 숨겨 가지고 중학교 교무실을 찾아갔다. 아마 낮술로 얼굴이 꽤 불콰해져 있었을 터였다.

아버지는 1반 아이의 1년 성적표와 나의 성적표를 공개하도록 학교 당국에 요구했다. 학교는 아버지의 요구를 들어주지 않을 수 없었다.

아버지는 그 성적표들을 앞에 놓고 주판알을 튕겨나갔다. 결국 1반 아이의 과목별 평균 성적 계산에 착오가 있는 것을 발견했다. 담임들이 자기 반에서 전교 1등을 내려고 과당경쟁하는 가운데 자기 과목 성적을 조작하기도 한다는 사실을 아버지는 오랜 교사 경험으로 인지하고 있었다.

학교 당국은 아버지의 서슬 앞에 기를 펴지 못하고 타협안을 내어놓았다. 그 아이와 나를 공동 수석으로 하여 졸업식 때 표창하겠다는 것이었다. 아버지는 이미 성적을 발표해버린 학교의 체면을 생각해서인지 그 타협안을 받아들였다.

그날 밤, 아버지는 주판을 개선장군의 칼처럼 철그럭철그럭 휘두르며 집으로 돌아왔다. 그러고는 밤새도록 욕설을 되풀이했다.

"이노무 자식들, 이노무 자식들! 우리 아들을 감히!"

9

아버지가 똥통에 빠졌다. 정확하게 말하면 똥구덩이에 빠졌다.

아버지는 집에서 꽤 떨어진 교외에서 친구들과 술을 마신 모양이었다. 친구들과 헤어져 아버지 혼자 밭둑길을 걸어오다가 근방에 파둔 똥구덩이에 빠져버렸다. 똥구덩이는 맨 위의 똥들이 굳어져 흙먼지에 덮이면 풀들이 자라나기까지 하여 그저 편편한 땅바닥처럼 보이는 법이다.

아버지는 똥구덩이에서 허우적대다가 간신히 빠져나와 한 길가로 엉금엉금 기어나왔다. 마침 그곳을 지나던 미군 지프가 손을 흔들며 비틀거리고 있는 아버지를 발견했다.

미군의 도움을 받아 구사일생으로 집에 돌아오게 된 아버지. 거의 똥덩어리가 된 듯한 아버지를 미군들이 지프에서 내려 집 앞 길바닥에 옮겨놓을 때 어머니는 서툰 발음으로 '땡큐'를 연발했다.

어머니는 옷과 몸에 똥이 묻는 것도 개의치 않고 황급히 아버지를 부축하여 부엌으로 데려가 옷을 벗기고 전신을 씻어주었다. 아버지는 여전히 술기운에 젖어 몸을 제대로 가누지도 못했다.

그때 국민학교 2학년이던 나는 아버지가 몸을 씻었는데도 여전히 풍겨나오는 똥 냄새를 머리가 어질어질할 정도로 맡고 또 맡았다. 그 냄새는 사흘이 지나고 열흘이 지나도 집 안을 떠나지 않고 무겁게 맴돌았다.

어떻게 미군들이 똥투성이가 된 아버지를 지프에 올려 집으로 데려올 수 있었는지, 웬만한 봉사정신이 없이는 할 수 없는 일을 미군이 해내다니 신통방통하기만 했다. 미군은 코가 높고 콧구멍이 커서 똥 냄새를 우리보다 더 잘 견딜 수 있었는지도 모른다.

나는 똥 냄새를 피해 동네 아이들과 뒷산을 자주 올랐다. 행강산이라 불리던 뒷산은 우람하지도 단아하지도 않은 산이었다. 헌데가 나고 버짐이 난 아이의 몸뚱어리처럼 군데군데 패인 흔적이 많은 산등성이요 산마루였다.

아이들은 산의 패인 지대를 이용하여 갖가지 놀이를 창출해

내기도 하고, 산마루까지 올라가기 위한 베이스캠프, 전진캠프들을 만들기도 하면서 산에서 뒹굴었다.

　그 산은 바위산이라기보다 토산의 겉모습을 갖추고 있었다. 부드러운 황토가 산의 표피를 이루고 있어 산꼭대기에서 굴러떨어진다고 해도 별로 다칠 것 같지가 않았다. 아이들은 일부러 데굴데굴 구르며 산 밑으로 짓쳐내려가는 짓을 예사로 할 정도였다.

　그 산 아래 조촐한 동네가 펼쳐져 있었다. 일제강점기 때 그리 넉넉지 못한 일본 사람들이 조선 땅으로 이민 와 살던 적산가옥들이라 그 풍경이 다른 동네에 비해 사뭇 특이했다. 단층집 몇 채를 연립주택 형식으로 연이어 지어놓았기 때문에 건물 하나가 무슨 막사처럼 기다랗게 드러누워 있는 게 그리 볼품은 없었지만 정돈된 맛은 나름 있는 편이었다. 단단하게 구워낸 까만 기와들이 까마귀 떼처럼 지붕을 빽빽이 뒤덮고 있었는데 그 기와의 검은빛이 처마 끝 홈통을 타고 내려와 온 동네를 적시고 있는 것만 같았다. 아무리 밝은 옷을 입어도 그 동네에서는 기와의 검은빛에 압도당하기 십상이었다.

　그런 건물들이 일정한 간격을 유지하며 앞으로 나란히, 옆으로 나란히 스무 줄 남짓 서 있었다.

건물 구조는 모두 똑같은 짜임새로 되어 있었다. 전면 오른편에 붙어 있는 변소 위치까지도 동일하고 옆 귀퉁이 땅바닥에서 불룩 솟아나와 있는 원통형 시멘트 굴뚝의 지름 길이도 같았다. 굴뚝치고 성한 거라고는 거의 하나도 없었다. 굴뚝들이 쇠망치에 두들겨 맞은 것처럼 무너져 내려앉아 손을 집어넣으면 연기 나오는 구멍에 닿을 정도였다. 저녁밥을 짓는 연기가 몽글몽글 솟아올라올 때 아이들은 손바닥을 편 채 굴뚝 속에 손을 집어넣고는 뜨물 냄새가 섞인 것도 같은 따뜻한 연기의 감촉을 즐기곤 했다.

밤중이 되면 아이들로서는 변소에 가는 것이 제일 걱정스러운 일이었다. 해방 직후에 조선 사람들에게 맞아 죽은 일본 사람들의 귀신이 아직 그 동네를 떠나지 않고 변소간에 들러붙어 있다는 소문이 자자했기 때문이었다. 아이들은 머리가 으깨진 귀신을 보았다고도 하고, 빨간 기모노를 입은 여자 귀신을 보았다고도 하고, 똥통 밑에서 따각따각 하는 게다짝 소리, 빠르게 시부렁거리는 일본말들이 들려왔다고도 했다.

동네 위쪽 언덕에는 휠체어들이 조용히 왔다갔다하기도 하는 상이군인촌이 자리잡고 있었다.

상이군인촌 언덕 밑에서 오른쪽으로 꺾어들면 학교로 가는 오솔길이 밭둑 위로 죽 뻗어 있었다. 그 오솔길은 동네와 학교를 이어주는 탯줄이었다. 등하굣길의 아이들은 그 탯줄로 동네와도 연결되고 학교와도 연결되어 있는 셈이었다. 또한 그 오솔길은 아버지의 출퇴근길이기도 했다.

오솔길 가의 밭에는 배추 무 고구마 옥수수 토마토와 시금치 가지 수박 참외 들이 계절마다 자라났다. 낮에 보면 오솔길은 주변의 싱싱하고 무성한 채소와 작물들로 목가적으로 보였지만, 밤이 되면 가로등 하나 없이 깜깜하여 무섭기 그지없었다.

아버지는 월급날 그 깜깜한 밤길을 걸어오다가 강도를 당했다. 어둠 속에서 뒤따라온 강도가 몽둥이로 아버지 머리를 내리치는 바람에 아버지는 피투성이가 되어 쓰러지고 강도는 아버지 상의 호주머니에서 월급봉투를 낚아채 갔다.

얼마간 기절해 있다 정신이 돌아온 아버지는 기다시피 간신히 집으로 돌아왔다.

어머니는 똥투성이 아버지를 부축한 것처럼 피투성이 아버지를 부축하여 방으로 들이고 터진 아버지 뒷머리에 된장을 잔뜩 바르고는 붕대를 친친 감아주었다. 아버지 입에서는 연신 신음소리가 새어나왔다.

나는 똥구덩이에 빠졌다가 피투성이가 되었다가 하는 아버지를 보면서 어른들은 가지가지 일들을 겪는구나 싶었다.

9월 중순경 어마어마한 태풍이 몰려와 동네를 덮쳤다. 태풍 이름은 사라호라 부드러운 어감이었지만 바람과 물살은 사납기 그지없었다. 지붕 기와들이 날아가기도 하고, 장독이 깨어지기도 하고, 나무들이 뽑히기도 했다.

아버지와 어머니는 나와 동생들에게 이불을 덮어주며 꼼짝하지 말고 절대로 바깥에 나가지 말라고 당부했다.

문을 뒤흔들고 창을 두드려대는 바람 소리가 온 우주가 무너진 듯 무시무시했다. 바람 소리만 들어도 내 안에 있는 오장육부가 날아갈 것만 같아 배를 꼭 움켜쥐고 있었다.

한참 후 바람이 잠잠해졌을 때 아버지 손을 잡고 동네로 나와보았다. 이번에는 온 동네가 물에 반쯤 잠겨 있었다. 개울처럼 강처럼 집 앞 길에는 물살이 흐르고 있었다.

상이군인촌 언덕에서 황토물이 폭포인 양 쏟아지고 있었다.

처음에는 물 위에 황토 덩어리가 떠다니는 줄 알았다. 그런데 다시 보니 온통 똥 덩어리들이었다. 적산가옥 바깥 변소들이 넘쳐 쏟아져 나온 똥 덩어리들이었다.

온 동네가 똥통으로 변했다. 아버지와 나는 똥통에 빠진 꼴이 되고 말았다.

똥구덩이에 빠졌다가 간신히 돌아온 지 얼마 되지 않아 아버지는 또다시 똥물에 흠뻑 젖고 있었다.

아버지가 견디고 있고 앞으로 견뎌내어야 할 세상이 똥통과 같을 거라고는 그 무렵에는 상상도 하지 못했다.

10

나의 여성편력은 아이러니하게도 아버지의 과외수업으로
부터 시작되었다.

아버지가 초등교원노조 부산지부 위원장으로 맹렬하게 활
동하다가 박정희에 의해 용공분자로 낙인찍히고 체포당해
1961년 6월 30일부로 봉래국민학교 교사직에서 파면당하고
서대문형무소까지 끌려갔다가 풀려난 후 생계 수단으로 과외
를 시작했다. 중등교원노조 부산지부 위원장 이종석은 무려
7년이나 선고를 받았는데 초등 위원장은 6개월여 만에 풀려나
다니. 초등이라 선처해준 건가. 아버지가 말해주지 않아 자세
한 내막은 알 길이 없었고 나도 캐묻지 않았다.

다만 대구지역 위원장에게 무기징역이 선고되고 이종석 등
함께 투쟁한 동지들에게 중형이 떨어졌다는 기사가 실린『부
산일보』를 들고 있는 아버지 손이 부들부들 떨리는 걸 훔쳐본
적은 있었다.

교원노조 합법화를 위한 투쟁 시위가 있을 적마다 수백 명 교원노조 교사들 앞에서 사자후를 토했을 아버지가 이제는 몇 명 아이들을 모아 가르치는 초라한 과외선생으로 전락하고 말았다.

사교육 병폐를 해소하자는 내용이 교원노조 강령에 있을 법한데 아버지는 사교육 아지트를 집 안쪽 방에 마련했다. 하긴 소박하기 이를 데 없는 과외 공부방이었다.

수업료도 그리 비싸지 않아선지 과외생들이 종종 바뀌긴 했어도 끊이지는 않았다.

주로 국민학교 5학년, 6학년 여학생들이 방과 후에 과외수업을 받으러 우리집으로 몰려왔다. 남학생은 한두 명밖에 없었다. 그 당시는 중학교도 입시경쟁이 치열했기 때문에 아버지의 과외방 개설은 학부모들에게 '기쁜 소식'일 수 있었다.

처음에는 아버지가 학생 집으로 방문하여 개인교습을 했는데 과외방을 차리자 개인교습 받던 아이들도 모여들었다.

포장마차 장사를 하던 동네 아주머니의 딸 경란도 개인교습을 받다가 온 것 같았다. 아버지는 그 포장마차 단골손님이었다.

포장마차에서 막걸리를 마시고 있는 아버지를 찾으러 갔다가 경란을 만난 적이 있었다. 예쁜 얼굴에 두 눈이 크고 맑아 저절로 마음이 끌렸지만 내색은 하지 못했다. 경란은 처음 만나는데도 스스럼없이 나를 대해 오히려 내가 수줍음을 타며 고개를 숙였다.

경란이 과외방 학생으로 오게 되자 은근히 반가웠다.

과외수업이 시작될 즈음, 나는 책을 읽는 척하며 바깥방 마루에 미리 나가 앉아 있었다. 잠시 후 여학생들이 깔깔거리고 수다를 떨며 집 대문을 밀고 들어섰다. 여학생들은 마루에 앉아 있는 나를 발견하고는 더욱 웃음소리 목소리를 높였다.

초기에는 경란이에게만 관심이 쏠렸으나 차츰 새로운 여학생들이 들어옴에 따라 마음이 분산되었다. 그럴 적마다 경란은 눈치를 채고 나의 관심을 붙들어두려고 했지만 한번 흩어진 내 마음은 좀체 모아지지 않았다. 순임이라는 강력한 적수가 나타나자 경란은 자못 긴장하는 것 같았다.

나는 둘 사이의 팽팽한 신경전을 교묘하게 즐기며 야릇한 행복감에 젖기도 했다. 팽팽한 신경전이라고 했지만 순임은 그래도 여유가 있는 편이었다. 나에게 무관심한 듯 딴청을 피우기도 하여 이상하게 내 마음이 초조해지곤 했다.

또 얼마 후에는 이름에 '현' 자가 들어간 여학생이 새로 들어와 그 단아하기 그지없는 모습에 경란과 순임에게서는 찾을 수 없는 매력을 느꼈다. 어떻게 저리 고요하고 단정한 모습을 유지할 수 있지?

경란과 순임, 나 사이의 삼각관계에는 전혀 관심이 없는 듯한 그 여학생이 어떤 때는 신비롭게 여겨지기도 했다. 고요하고 단정한 성당의 마리아 같은 그 여학생에게 내 모든 고민을 고백하고도 싶었다.

그러나 나의 '마리아'는 얼마 있다가 이사를 가고 전학을 하는 바람에 과외방을 떠나야만 했다. 이렇게 이별이 빨리 올지 예상하지 못했던 나는 그 아이가 아버지와 학생들에게 마지막 인사를 하고 우리집을 나설 때 나도 모르게 황급히 따라나섰다.

영주동 터널 앞 길가에 그 여학생과 내가 단둘이 마주 섰다. 그 아이가 나를 빤히 쳐다보며 눈으로 작별 인사를 보냈다. 한없이 깊고 형형한 그 두 눈 속으로 내가 빨려들 것만 같았다. 이별 선물을 미처 준비하지 못한 나는 어쩔 줄 모르며 간신히 입을 열었다.

"잘 가."

나는 거의 울먹일 뻔했다. 착각인지 모르지만 그 아이의 두 눈에도 물기가 배는 듯했다.

"응, 잘 있어."

나의 '마리아'에게서 처음이자 마지막으로 듣는 강복의 음성이었다.

그 여학생이 등을 돌려 떠나가자 어쩌면 그 아이도 나를 좋아하고 있었을지 모른다는 해괴한 생각과 함께 엄청난 상실감이 몰려왔다. 마지막으로 나를 바라본 나의 '마리아'의 눈빛을 나는 평생 잊을 수 없을 거라 예감했다.

나는 멀어져가는 그 아이의 등을 바라보며 속으로 간절히 외쳤다.

'나는 너와 영원히 함께 있고 싶었어!'

11

아버지와 삼각관계에 빠진 적이 있었다.

국민학교 1학년 때였다. 담임인 여선생이 크리스마스 무렵에 나에게 크리스마스카드를 우리집으로 보내주었다. 그때 크리스마스카드가 세상에 존재한다는 것을 처음으로 알았다.

빨간 바탕에 하얗고 굵직한 초가 그려진 카드였다. 촛불이 환하게 밝혀져 있었다. 카드 안쪽에 나에 대한 마음을 표현해주는 글자들이 적혀 있었다. 산등성이에서 미끄러져 떨어진 후유증으로 아직도 병원 치료를 받으러 다니는 나를 염려하며 위로하는 내용이었다.

스무 살과 서른 살 중간쯤 되는 여선생은 키가 자그마했고 얼굴은 넓은 편이었는데, 카드 가득히 촛불 너머 여선생의 모습이 어른거렸다.

여선생이 나를 좋아한다는 사실은 부정할 수 없었다. 그 카드가 평생 처음 내 이름으로 수령한 우편물이었다. 사랑이 풍성하게 담긴 우편물.

겨울방학이라 여선생을 볼 수 없어 나는 방학이 빨리 지나가기를 간절히 바랐다. 방학 내내 여선생을 보고 싶은 마음에 가슴이 설레었다.

겨울이 지나고 새 학년이 시작되기 전 여선생은 보름 정도 담임을 더 맡은 후에 다른 반 담임으로 옮겨갔다. 나는 무척 아쉬웠지만 그래도 학교에서 멀리서나마 여선생을 볼 수 있어 다행이다 싶었다.

그런데 아버지와 여선생이 학교 운동장을 함께 걸어가는 모습이 종종 눈에 띄었다. 그럴 때마다 이상한 질투심이 스멀거렸다. 여선생이 나를 좋아하기 때문에 카드를 보낸 게 아니라 아버지를 좋아하기 때문에 나에게 카드를 보냈는지도 모른다는 생각이 들곤 했다.

그런 중에 놀라운 소식을 전해 들었다. 교무실에서 여선생이 졸도하여 쓰러졌고 아버지가 급히 여선생을 들쳐업고 근처 의원으로 달려갔다는 소문이었다. 교무실에 다른 선생들도 많이 있었는데 왜 하필 아버지가 여선생을 업었단 말인가. 지난 일 년 동안 학부모와 담임 관계였다고 하더라도 의심을 쉽게

떨칠 수 없었다.

아버지에 대한 의심은 6년 후 과외방 아이들과 관련해서도 그대로 이어졌다. 내가 좋아하는 여학생들을 혹시 아버지가 또 좋아하는 건 아닌가 하는 생각을 떨칠 수 없었다.

하지만 다행스럽게도 아버지가 경란이나 순임이, 현 아무개를 좋아한다는 징후를 찾아낼 수는 없었다. 오히려 아버지는 학생들의 어머니에게 관심이 더 있는 듯했다.

그것도 남편이 있는 여자가 아니라 홀어머니들이었다.

포장마차 하는 경란 어머니도 홀어머니였고 남학생 길원만의 어머니도 홀어머니였다. 아버지가 포장마차를 자주 들르는 이유도 술을 마시고 싶을 뿐 아니라 경란 어머니를 보고 싶기 때문일 터였다.

길원만 어머니는 우리집을 방문하여 아버지에게 아들을 부탁하면서 선물로 가져온 술병을 마루에 놓았다. 술병을 보자 아버지는 어머니에게 술상을 차리라고 했다. 어머니는 손님을 대접하는 마음으로 작은 소반을 꺼내와 안주 몇 점을 올려놓고 술상을 차렸다.

어머니와 나, 동생들은 문을 닫은 채 방안에 있고 길원만 어머니와 아버지는 바깥 마루에서 술잔을 주거니받거니 했다.

길원만 어머니는 홀로 아들을 키우며 고생한 이야기를 하는지 흐느끼기도 했다. 아버지는 다독이듯 위로하는 말을 건네는 것 같았다.

나는 조심스럽게 어머니 표정을 엿보았는데 어머니는 화를 참고 있는 듯했다. 어머니가 화를 참지 못하고 방문을 와락 열고 마루로 나가 술상을 엎어버리면 어쩌나 염려되기도 했다.

밤이 늦어 길원만 어머니는 돌아가고 술에 취한 아버지는 밤새도록 길원만과 홀어머니가 불쌍하다는 말을 되풀이했다. 나는 아버지도 형과 함께 홀어머니 밑에서 자랐다는 사실을 새삼 상기했다.

어머니가 참다못해 드디어 소리를 꽥 질렀다.

"당신이 더 불쌍해요!"

12

길원만의 홀어머니가 다녀간 후 원만은 아예 우리집에서 함께 살게 되었다. 일종의 하숙이었는데 무료였는지 유료였는지는 잘 모른다.

아마도 원만의 어머니는 무슨 일이 있어 부산에서 멀리 떨어진 곳으로 옮겨간 모양이었다. 홀어머니 학부모의 부탁을 받아들여 학생을 숙식부터 돌보기로 한 아버지의 아량이 크게 느껴지기도 했다.

따로 방을 내어줄 여유는 없어 원만은 아버지 과외방에서 나와 같이 잠을 잤다.

원만이 우리집에서 생활하고 나서 아침 저녁 식사 반찬이 좀 달라졌다. 어머니는 뭔가 당부를 받았는지 거의 매끼 된장찌개를 끓여 내어놓았다. 그때부터 나는 밥을 먹을 적에는 반드시 된장찌개가 있어야 한다는 불문율에 매이게 되었다. 내 몸이 어느새 밥과 된장찌개를 일체로 여기도록 조건화된 셈이었다.

어머니는 밤이 되면 안쪽 과외방으로 와 원만과 나를 위해 이불과 요를 정성껏 깔아주었다. 원만은 밤마다 잠을 자는 중에 깨지 않고 그대로 오줌을 싸는 야뇨증이 있었다. 기저귀를 차고 잤으나 기저귀를 적신 오줌이 요와 이불로 넘치기 일쑤였고, 아예 기저귀가 벗겨져 요와 이불이 흥건히 오줌에 젖기도 했다.

한 이불 속에서 나는 될 수 있는 대로 원만과 떨어져 자려고 했지만 어느새 원만과 뒤엉켜 있게 마련이었다. 밤마다 원만에게서 적은 양이나마 오줌 세례를 받았다.

이불 속에서 오줌기가 느껴지거나 오줌 냄새가 진동하면 나는 깨어나 원만의 기저귀를 새것으로 갈아주어야 했다. 원만은 워낙 잠에 깊이 빠져 있어 내가 기저귀를 갈아주는 것을 눈치채지도 못했다.

일단 전등불을 켜고 나서 기저귀를 갈아야 했으므로 원만의 사타구니는 불빛에 그대로 드러났다.

나는 원망스런 눈길로 원만의 고추를 노려보면서 속이 빈 탱탱한 노란 고무줄로 고추 끝을 친친 감아 오줌을 막았으면

싫었다. 어떤 때는 화가 나서 아예 고무줄로 원만의 고추를 묶은 적도 있었다. 하지만 고추가 오므라들면서 고무줄이 튕겨 나가기 일쑤였다.

아침마다 저녁마다 된장찌개를 먹었으나 원만의 야뇨증은 낫지 않았다. 어머니는 거의 이틀에 한 번꼴로 요와 이불을 갈아주어야만 했다.

원만에게 밤중에 오줌을 싸지 마라, 싸고 싶으면 일어나 요강에 싸라고 아무리 일러주어도 소용없는 일이었다. 나는 원만의 야뇨증을 겪으면서 인간에게는 자기 의지로도 어쩔 수 없는 증상들이 있음을 절감했다.

나는 원만과 자기 싫다고 떼를 쓰고도 싶었지만, 어린 학생을 품어주려는 아버지의 아량과 배려를 외면할 수도 없었다. 엄마와 떨어져서 밤마다 자기도 모르게 오줌을 싸는 한 아이를 아버지와 어머니, 그리고 내가 합심하여 돌본 셈이었다.

하지만 맑게 느껴져야 할 아침 공기가 늘 오줌 지린내에 오염되어 있었다. 아버지가 술에 취해 귀가한 날이면 술내까지 지린내에 보태졌다.

술에 취해 온갖 소리를 반복해서 배설하는 아버지도 부지불

식간에 오줌을 배설하는 야뇨증을 앓고 있는 셈이었다.

잠도 못 자게 나를 불러놓고 지루하게 똑같은 말을 되풀이하는 아버지 입에 원만의 기저귀를 채워주고 싶은 충동을 느끼기도 했다.

13

아버지와 나란히 등교할 때는 내 어깨가 저절로 으쓱해지고
가슴이 펴졌다.

영주치과 앞 골목으로 들어서 오른편으로 꺾어 들어가면 등
교하는 아이들이 아버지에게 인사를 하느라 머리를 까닥까닥
숙였다. 대개 소리 없이 머리를 숙이며 인사했지만 몇몇 아이
들은 "선상님, 안녕하스요" 목소리를 높이기도 했다.

나도 아버지 옆에서 아이들의 인사를 받는 것 같아 은근히
기분이 좋았다. 그 아이들 중에서 특별히 한 여자아이를 찾느
라 내 눈동자가 바삐 좌우로 왔다갔다했다.

내가 아버지를 따라 문현동 성동국민학교에서 영주동 봉래
국민학교로 전학을 온 3학년 때는 그 여자아이가 눈에 띄지 않
았는데 4학년, 5학년이 되면서 유난히 돋보이기 시작했다.

남학생 반 여학생 반이 갈라져 있어, 동급생이긴 했으나 같
은 반이 된 적은 없었다. 하지만 이상하게 자주 보게 되는 것

같았다. 학교에 가면 그 여자아이부터 찾았으니 자주 본다고 여기는 것도 이상한 일이 아니었다. 키도 그리 크지 않았지만 몸이 탱탱하면서 재빨랐고 두 눈이 너무 커서 얼굴 윤곽을 지울 정도였다.

그 여자아이가 눈에 띄면 심장이 뛰고 어지럼증과 함께 뭔가 황홀한 느낌으로 빠져들었다. 아버지와 함께하는 등굣길에 그 여자아이가 달려와 아버지에게 방긋 웃으며 인사를 하기라도 하면 나는 그만 까무러칠 것만 같았다.

그 여자아이에게 한마디 말도 걸어보지 않았지만 간신히 이름은 알아내었다.

유인숙.

이름만 알아도 그 아이를 다 소유한 느낌이었다. 나는 늘 '유인숙'을 혼잣말로 되뇌며 다녔다. 내 입속에서 조용히 '유인숙'이라는 세 글자가 사탕처럼 굴러다니면 입안 가득 꿀이 배어들었다.

유인숙에게는 미안한 일이지만 내가 '추앙'하는 한 여학생이 또 있었다. 옆 반 반장인 백영옥이었다. 아마 전교에서 키가 제일 크지 않나 싶었다. 너무도 차분하고 의젓한 모습에 감히 접근할 마음조차 가질 수 없었다. 동급생인데도 큰누나 같고 그리스 여신 같아 우러러볼 수밖에 없었다.

유인숙도 좋아하고 백영옥도 좋아했지만 좋아하는 느낌은 각각 달랐다. 유인숙을 생각하면 달콤했고 백영옥을 생각하면 포근했다. 내가 유인숙을 꼭 품에 안고 백영옥 품에 안기고 싶다고 할까.

내가 5학년 어린이 회장 선거에 출마하여 백영옥에게 졌을 때도 나는 투표 결과가 지극히 당연하다고 여겼다.

백영옥 집은 영주터널 위 대청산 중턱 판자촌에 있어 터널 입구 근처 우리집 대문께에서 백영옥이 하교하여 산길을 고불고불 걸어 집으로 올라가는 모습을 훔쳐볼 수 있었다. 판잣집에 가려졌다가 다시 나타났다 하는 백영옥의 뒷모습은 신기루처럼 환영처럼 아스라했다. 그리스 여신이 한 걸음 한 걸음 올림포스산을 올라가고 있었다.

6학년 때 학교 대표로 유인숙과 백영옥, 두어 명의 다른 학생들과 함께 한글날 백일장에 참가한 적이 있었다. 시발택시를 타고 백일장이 열리는 토성국민학교로 달려가는데 앞좌석에 앉은 인솔교사가 남포동 가까이 이를 무렵, 교통순경이 있으니 앉으라고 하면서, 뒷좌석 여학생들 앞에 허리를 숙이고 엉거주춤 서 있는 내 어깨를 급히 눌러버렸다.

나는 그만 어느 여학생의 무릎에 엉덩이를 대며 주저앉고 말았다. 나는 그 여학생이 누군지 알았으나 모른다고 생각하기로 했다. 꿈에도 그리던 유인숙의 무릎이었다.

그날 백일장 제목이 '글자'였는데 유인숙도 백영옥도 나도 다 떨어지고 말았다. 우리 셋이 떨어졌으니 다른 학생들은 두말할 필요가 없었다.

나중에 유인숙은 대학 시절 나를 종교로 이끌고, 백영옥은 나를 민주화 운동에 눈뜨게 했다.

백영옥은 전두환 12·12 쿠데타 때 정병주 특전사령관을 지키려다가 전사한 전속부관 김오랑 소령의 아내로 실명한 가운데 추락 의문사를 당했다.

둘 다 아버지를 따라 전학한 학교에서 만난 학생들이었고 아버지의 제자들이었다.

14

아버지가 나를 칼로 찌른, 아니 내리친 적이 있었다.

칼로 내리쳤다는 의미가 무엇이겠는가.

아버지는 술을 자주 마시고, 마셨다 하면 거의 매번 취하는 적이 많았지만 폭력을 행사하는 습성은 없는 편이었다. 술에 취해 비틀거리는 아버지를 부축해서 집으로 데려온다든지, 방에서 구두와 양말을 벗기고 상의와 바지를 벗길 때 아버지가 팔다리를 휘두르는 바람에 아버지의 신체 부위가 어머니와 나, 동생들을 때리는 것처럼 보이는 경우는 종종 있긴 했다.

국민학교 2학년 무렵, 어머니가 언덕 위 상이군인촌에 놀러 갔다가 늦게 돌아온 적이 있었다.

요즘 말로 하면 '노래교실' 같은 행사가 상이군인촌에서 열린 모양이었다. 노래도 부르고 장구도 치고 춤도 추고 했을 터였다. 아랫동네 우리집 작은 마루에 앉아 있는데도 노랫소리, 장구소리가 언덕을 넘어 들려왔다.

아버지가 좀 일찍 술에 취해 현관문을 열고 들어오면서 어머니부터 찾았다. 나는 순진하게도 언덕 쪽을 손으로 가리켰다.

"뭐? 니 엄마가 거길 갔다구?"

뭐라뭐라 구시렁거리더니 아버지는 구두를 털어내고 안방으로 기다시피 들어가 벌렁 드러누웠다.

잠시 후 어머니가 귀가하자 아버지가 불같이 화를 내며 일어섰다. 약간 비틀거리면서 어머니에게 다가가길래 어머니를 때리나 싶어 긴장했다.

"어델 다녀왔나? 응? 춤추고 바람났나?"

"아니라예."

어머니는 살며시 고개를 숙이며 강하게 부정하지는 않았다. 아버지보다 여덟 살이나 어린 어머니는 아버지에게 대드는 적이 거의 없었다.

어머니를 때릴 듯 다가가던 아버지가 비틀 방향을 틀더니 오른편 장롱 모서리를 붙잡았다. 아버지가 몸을 가누느라 장롱 모서리를 잡았나 싶었는데 그게 아니었다. 아버지는 온 힘을 다해 두 팔로 장롱을 밀기 시작했다. 옆에 또 하나의 장롱이 있어 밀리지 않자 이번에는 장롱을 넘어뜨리려고 하는지 팔의 위치를 바꾸었다. 하지만 장롱은 꿈쩍도 하지 않았다.

아버지가 전근하여 영주동으로 이사를 와서도 어머니를 때리고 싶은 충동이 일 때는 어김없이 장롱을 밀었다. 아버지 키보다 높고 아버지 덩치보다 큰 장롱을 술기운을 빌려 끙끙거리며 밀어대는 아버지 모습이 안쓰럽기까지 했다.

아버지가 장롱을 밀기 시작하면 어머니와 나, 동생들은 방을 나와 피해 있기만 해도 아버지에게 맞는 일은 없었다. 아버지가 나와 동생들을 때린 적도 거의 없었다.

내가 병원에서 퇴원하여 입맛이 떨어져 밥을 잘 먹지 못하고 깨작깨작 숟가락을 들었다 놓았다 하자 아버지가 "에이!" 하며 밥상을 세게 흔들고는 방을 박차고 나간 적은 있었다.

아버지가 내 건강을 염려하기보다 그렇게 짜증과 신경질을 부린 것이 아버지에게 한 대 맞은 것보다 더 아파 오래오래 마음에 남았다.

내가 홀로 부산 집을 떠나 서울에서 입주 아르바이트를 하며 고등학교를 다니다가 첫 방학을 맞아 집으로 내려갔다. 부모의 허락을 받고 친한 중학교 동기 구본용과 함께 해운대 해수욕장으로 놀러갔다.

그런데 해운대에서 시내로 돌아오려고 했을 때 버스를 타려는 인파로 인하여 아무리 기다려도 버스를 타지 못한 채 밤이 깊어갔다. 공중전화 박스도 드문데다 박스마다 장사진을 이루고 있어 집으로 연락하기도 지난하기 그지없었다. 결국 본용과 나는 멀지만 해운대에서 영주동까지 걸어가기로 하고 신작로를 따라 걷기 시작했다.

깜깜한 여름밤이라 인적 없는 주변이 으스스하여 무서웠다. 어디선가 사나운 짐승이 불쑥 튀어나올 것만 같았다. 아닌 게 아니라 예감대로 사나운 짐승들이 튀어나왔다. 인근 동네 깡패들이었다.

또래로 보이는 서너 명 깡패들이 본용과 나를 길 한구석으로 몰아붙이고는 몇 대 때리더니 상의를 벗도록 강요했다. 상의라고 해보았자 이미 겉옷은 벗고 러닝만 입고 있었으므로 얼른 상의를 벗었다.

깡패들은 본용과 나의 상의랑 바지를 뒤져 돈이 있나 살폈다. 지폐 몇 장과 동전밖에 없자 실망한 기색이 역력했다. 그들이 실망한 마음을 심한 욕설과 구타로 달랠까 싶어 본용과 나는 몸을 잔뜩 움츠렸다.

하지만 그들은 욕설은 좀 하면서도 구타는 하지 않고 이것 저것 우리 신상에 대해 물었다. 어느 고등학교를 다니느냐, 성적은 어떻게 되느냐, 애인은 있느냐 등등.

본용은 얼른 나를 방패로 삼으며 추켜세웠다.

"이 애는 공부 참 잘해. 전교 1등이야. 그래서 서울로 올라가서 한국에서 제일 좋은 고등학교에 들어갔어. 방학이라 내려와서 해운대 해수욕장 다녀오는 길이야."

"한국에서 제일 좋은 고등학교라꼬? 구라 치지 마! 새끼들. 고등학교 이름이 뭔데?"

깡패들이 윽박지르는 바람에 내가 대답하려는데 본용이 먼저 대답했다.

"경기고등학교. 그 학교 대단해. 전국에서 전교 1등 하는 애들만 모이는 곳이야."

본용이 사뭇 과장하여 깡패들을 은근히 제압하려는 것 같았다.

"그래? 우리도 공부 잘하는 애들은 존중해."

깡패들의 기세가 좀 누그러지더니 마침내 풀어주었다.

본용과 나는 안도의 한숨을 쉬며 다시 밤길 행군을 시작했다.

영주동 집에 도착했을 때 이미 통행금지 자정이 넘어 있었다. 아버지와 어머니는 잠도 자지 않고 초조해하며 나를 기다린 모양이었다.

어머니가 먼저 안도하며 반가움을 표하면서 마당으로 달려 나왔다.

"아이구, 이제 오나. 사고라도 난 줄 알았제. 어찌 늦은 거야."

아버지도 신발도 신지 않고 마루를 넘어 마당으로 달려나오며 반가움을 표하는가 싶었다. 아니나 다를까 부엌으로 들어가더니 부엌칼을 들고나와 한 손으로 치켜올리며 나를 격하게 환영했다.

"이노무 새끼. 죽을라꼬 환장했나. 왜 이리 늦어!"

나를 죽이려고 부엌칼을 들고나왔으면서도 '죽을라꼬 환장했나' 고함을 지르고 있었다.

나는 약간 담 쪽으로 물러나며 무엇보다 아버지가 지금 술에 취해 있나 재빠르게 살폈다. 다행히 드문 일이지만 술에 취해 있지는 않았다.

나는 아버지의 마지막 남은 이성을 믿으며 눈을 감았다. 역사 만화책에서 본 영조대왕과 사도세자의 모습이 어른거렸다. 영조대왕이 아들 사도세자를 치려는 듯 장검을 휘두르고 있었다.

드디어 아버지 손에 든 칼이 내 어깨로 떨어졌다. 느낌이 이상하여 눈을 떠 보았다.

아버지가 부엌칼 나무 손잡이로 내 어깨를 내리치고 있었다.

15

통일호인지 비둘기호인지 아버지와 나는 부산에서 서울로 가는 기차를 타고 있었다. 3년 전 수갑을 찬 채 서대문형무소로 호송될 때 탔던 그 기차 좌석에 아버지는 아들을 옆에 두고 앉아 있었다.

이번에는 개선장군을 기대하며 서울로 진격하는 중이었다. 부산중학교를 공동 수석으로 졸업한 아들이 한국 최고의 고등학교 입시에 도전하러 가는 길에 자랑스런 학부모로 동행하고 있었다. 보나마나 어머니는 내 상의 구석진 곳에 부적을 숨겨 두었을 것이다.

나는 부산중학교에서 부산고등학교로 올라갈 경우 공동 수석을 한 그 아이와 입시 수석을 놓고 경쟁해야 할 일이 부담스러웠다. 공동 수석한 그 아이는 다행히 서울 진출은 하지 않기로 한 모양이었다. 내가 빠짐으로 그 아이는 부산고등학교 수석 입학은 떼놓은 당상이었다.

한국 최고 고등학교 입시에 도전하는 것이므로 나는 수석 입학을 해야 한다는 부담도 덜 수 있었고 합격만 해도 만족스러울 수 있었다. 아버지도 이번에는 수석 입학을 강요하지는 않았다.

나는 기차를 타고 가면서도 입시 준비 총정리를 했다. 특히 물리 과목에서 자동차의 원리를 다시 정리하는 데 시간을 꽤 보냈다. 연료를 공급받은 엔진이 어떻게 실린더를 움직여서 구동축에 동력을 전달하여 바퀴를 굴러가게 하는지, 현가장치는 어떤 역할을 하는지, 액셀과 브레이크는 어떻게 작동하는지 등등 세세히 복습하다 보니 앞으로 자동차 정비공을 해도 잘할 것 같은 생각이 들었다. 아버지는 입시 준비에 열중하고 있는 아들의 모습을 곁눈질하며 자못 뿌듯했으리라.

아버지는 서울 가는 기차를 몇 번 탔는지는 몰라도 나는 생전 처음 탄 것이었다. 교과서에서만 보던 남대문을 실제로 볼 수 있다는 기대감으로 설레기도 했다.

입시 사흘 전 날 서울에 도착한 아버지와 나는 시험 칠 고등학교 근처 여관에 들어가 묵었다. 아버지는 저녁 반주로 술을 좀 마셨으나 아들의 입시 준비를 위해 절제하는 것 같았다.

다음 날 예비소집 때 수험표를 받고 그다음 날 하루 종일 입시를 치렀다. 윗몸 일으키기, 턱걸이, 달리기 등 체력장도 보았다.

아버지는 입시 결과를 기다리는 동안 나를 먼 친척 집에 맡겨두고 일단 부산으로 내려갔다.

합격은 당연하다고 여겼던지 합격을 확인하고 크게 기뻐하거나 감격한 기억이 없다. 아버지의 반응도 마찬가지였을 터였다. 내 마음은 온통 나 홀로 어떻게 서울 생활을 감당해낼 수 있을지 염려와 부담감에 눌려 있었다.

나는 먼 친척 집 국민학교 아이들을 가르치는 입주 아르바이트를 하며 고등학교에 다녔다.

학교는 한국 최고 고등학교답게 인재들이 모여든 것은 틀림없었다. 같은 계열인 중학교 출신이 반쯤 차지했고 나머지 반은 전국 수재들이 차지하고 있었다.

나는 갑자기 별천지에 떨어진 기분이었다. 대부분 집안이 상류에 속했고 얼굴빛과 체격들도 나보다 훨씬 월등하게 보였다.

1학년 우리 반에는 한국이 낳은 세계적인 피아니스트 신수정의 남동생이 있었는데, 그 아이 역시 나와는 사뭇 다른 세계에 사는 것 같았다. 그 아이의 영어 발음은 그때 이미 미국 사람 뺨칠 정도였다. 부모를 따라 외국에서 살다 왔는지 거의 혀가 꼬부라져 있었다. 나는 경상도 억양이 섞인 엉터리 영어를 구사하고 있었기에 그 아이의 영어 발음은 그야말로 경이롭기까지 했다. 그리고 야들야들한 목소리로 음악회에 관한 이야기 같은 것을 할 때는, 피아노 교습 한번 받아보지 못한 나로서는 그 아이가 왕궁의 왕자인 듯한 느낌이 들기도 했다.

게다가 아이큐 문제까지 겹쳐 나의 마음은 착잡하기 그지없었다. 중학교 때는 내 아이큐에 대한 자부심이 있었는데 고등학교에서는 내 아이큐가 별로 내세울 만한 것이 되지 못했다. 내 짝인 아이는 아이큐가 150으로 나보다 꽤 앞서 있었다. 그런데 내 짝의 학교 성적은 그리 좋은 편이 아니어서 아이큐 검사에 대한 회의가 들긴 했지만 아무튼 내 짝의 아이큐 수치는 나를 늘 위협했다. 어느 날 갑자기 그의 천재성이 폭발하여 나를 따라잡을지도 몰랐다.

높은 아이큐 소유자들 사이에 끼이게 된 나는 이제 내 머리를 믿고 있다가는 봉변을 당하고 말 것 같아 잔뜩 긴장하지 않을 수 없었다.

이런 와중에 부산에서 아버지가 자랑스런 아들을 만나보러 오랜만에 서울로 올라왔다. 그러나 아버지를 바라보는 나의 눈은 이미 변해 있었다.

그동안 은근히 마음속으로 지조 있는 사회운동가로 여겼던 아버지가 그렇게 초라해 보일 수 없었다.

나중에는 생각이 바뀌긴 했지만, 상류층 문화충격을 받은 지 얼마 되지 않은 그 무렵에는 정말 아버지가 무력해 보이기만 했다. 아버지는 이 시대에 뜻있는 일을 하다가 사회에 발을 붙이지 못하게 된 풍운아 내지는 야인이 아니라, 그저 변변한 직장 하나 없는 실직자일 뿐이었다.

능력 없는 아버지를 만났기 때문에 고등학교 1학년부터 입주 아르바이트를 하면서 내 손으로 학비와 생활비를 벌어야 하고 장학금을 타기 위해 바둥거려야 하는 신세가 되었다고 여기기도 했다.

사실 나는 아르바이트를 해야 했기에 학교 친구들과 사귈 여유도 없었고 어디 놀러갈 엄두도 내지 못했다.

아버지는 내 고생의 원천이었고 내 사춘기의 낭만을 앗아간 장본인이었다.

16

고등학교에 들어가서 처음 조회를 설 때 옆 반 반장이 유난히 돋보이는 용모를 하고 있어 주목하게 되었다. 나는 키가 작아 항상 맨 앞에 섰기에 그 아이가 반의 줄을 잡기 위해 돌아서 있을 때는 서로 마주 보다시피 했다.

그 서글서글한 눈매 하며 오똑한 콧날, 하얗고 매끄러운 피부, 알맞게 큰 키…, 소위 귀공자로서 갖추어야 할 모든 것을 다 갖추고 있는 듯했다. 신체적인 면에서 열등감이 심각하게 자리잡기 시작하던 그 무렵의 나로서는 그 아이의 용모가 얼마나 부럽게 느껴졌는지. 부러움이 지나치다 못해 그 아이에 대해 연모 비슷한 감정을 품기까지 했다.

그 아이는 같은 계열 중학교에서 전교 1등으로 졸업한 아이라고 했다. 그리고 4·19 무렵 법무부 장관을 지낸 분의 아들이라고 했다. 4·19 이후에도 내무부 장관 최인규처럼 중죄인으로 처벌받지 않은 것으로 보아 그리 많은 죄는 짓지 않은 모양이라고 내 나름대로 생각했다. 무엇보다 그 아들의 아름답고 예절 바르고 양순한 모습을 곁에서 보면서, 거의 여성적이라고 할 수 있는 나긋나긋한 몸매와 목소리를 보고 들으면서, 저런 아들을 낳은 아버지라면 그 아버지 역시 사람들에게 손가락질을 받을 인물은 아닐 거라고 여겨졌다.

역사와 민중이 어떤 판단을 내릴지라도 나는 그분이 그 아이의 아버지라는 이유 하나만으로도 섣불리 정죄할 수 없다는 좀 묘한 논리를 펴고 있었다. 그만큼 그 아이에게 빠져 있었다. 어떤 때는 그 아이 집에 놀러가서 같이 숙제를 하며 넓은 정원에서 뛰노는 꿈을 꾸기도 했다.

그러나 나로서는 그 아이에게 접근하는 것이 용이한 일이 아니었다. 그 아이에 대한 부러움과 연모 같은 것이 크면 클수록 그 아이 앞에서 나의 자세는 이상하게 굳어지기만 했다. 지나가다 마주치면 가볍게 눈인사 정도나 주고받을 뿐이었다. 그 아이하고는 영영 가까워질 수 없다는 단절감 같은 것을 느끼기도 했다.

그런 단절감을 메꿀 수 있는 유일한 길은 공부밖에 없는 듯싶었다. 그 아이가 중학교에서 전교 1등을 했으므로 고등학교에서도 1등을 하게 되리라 지레짐작하고 그 아이를 가까이 따라잡기 위해 밤을 새워가며 공부했다.

그 아이가 전교 1등을 하더라도 내가 3등이나 4등 정도만 해도 그 아이가 나에 대해 관심을 가지리라 기대했다.

그런 희망을 가지게 된 것은 우리 반 담임이 복도를 지나면서 툭 던지듯이 나에게 건넨 한마디 말 때문이었다.

"성기 너, 전교 8등으로 입학했더라. 우리 8반에서는 1등이고."

그때 반 배정이 성적과 관련 있다는 것을 처음 알게 되었다.

그 아이 성적과 근접하는 성적이라도 얻고자 노력했는데 학년 말 성적이 그만 그 아이를 뛰어넘고 말았다. 그 아이의 정확한 성적은 잘 몰랐지만 내가 전교 1등을 해버렸으므로 그 아이를 뛰어넘은 것만은 분명했다.

전교 1등 했다고 전화로 아버지에게 알렸을 때 고등학교 합격 소식에는 덤덤하던 아버지가 비로소

"으ㅎㅎㅎ."

너털웃음을 웃었다.

하지만 나는 그 아이에 대해 미안한 마음이 들어 서먹해지

고 말았다.

그 아이는 나를 만나면 부드러운 말로 나를 은근히 칭찬해 주며 격려까지 해주었지만, 왠지 그 아이가 나를 경계하고 있을 거라는 생각 때문에 나의 태도는 어색해지기만 했다. 그 아이와 가까워질 수 있는 길은 공부밖에 없다고 생각했는데 오히려 공부로 인하여 거리가 더욱 멀어지는 기분이었다.

그리고 공부의 경쟁자로 그 아이가 아닌 다른 아이가 등장하기 시작했을 때 나의 혼란은 가중되기만 했다.

17

아버지의 제자 여학생들이 내 인생 방향에 큰 영향을 주었다. 앞에서 말했지만 유인숙은 나를 종교로 이끌고 백영옥은 민주화 운동에 눈뜨게 했다. 문학으로 이끌리게 된 계기는 아버지 과외방 제자 김순임이 마련한 셈이었다.

고등학교 1학년 1학기 때 경남여중 2학년에 다니고 있는 순임에게 편지를 써서 보냈다. 서울에 올라와 고등학교 생활을 어떻게 하고 있는지 약간 감상적인 어투로 쓴 편지를 그만 여중학교로 보내고 말았다.

학교 당국에서 순임이 남학생으로부터 편지 받은 사실을 순임 아버지에게 통고하고, 순임 아버지는 우리 학교 교장에게 알리고, 교장은 훈육주임에게 나를 조사하라는 지시를 내렸다.

영어 교사였던 훈육주임이 나를 교무실로 불러 취조했다.

"경남여중 여학생에게 편지 보낸 적 있나?"

나는 가슴이 쿵 내려앉는 느낌을 받으며 "네"라고 대답할 수밖에 없었다.

"뭐라고 썼어? 사랑한다고 썼지?"

훈육주임이 단도직입적으로 혹 질문을 던졌다.

"아, 아닙니다."

내가 약간 머뭇거리는 순간, 훈육주임이 와락 오른손으로 내 왼뺨을 때렸다.

국민학교 시절부터 선생에게 뺨을 맞은 적이 없던 나는 온몸이 경직되고 말았다. 내가 뭔가 큰 죄를 저질렀나 움츠러들었다.

"어쩔려고 학교로 편지를 보내? 응? 그래 또 뭐라고 썼어?"

나를 불량학생으로 알고 있는 훈육주임에게 한 방 먹이는 대답을 해야겠다 싶었다.

"이번 월말시험에 반에서 1등 했다는 이야기와 서울에서 잘 지내고 있다는 말만 했습니다."

"뭐? 니가 1등을 했다고?"

훈육주임이 약간 주춤하며 놀라는 기색을 보였다. 나의 한 방이 효과를 발휘했는지 훈육주임 목소리가 좀 누그러졌다. 그래도 마지막 경고는 잊지 않았다.

"일단 집에 가 있어. 학교에서 결정을 내릴 테니까."

나는 그 결정이 무슨 뜻인지 묻는 것조차 두려웠다. 퇴학까지는 아니더라도 정학 조치를 내릴지 몰랐다.

학교 수업 중이든 입주 아르바이트 집에 가 있든 학교의 결정 통지가 오지 않나 조마조마해하며 지냈다. 입주 아르바이트 집 대문께에서 "우편이요!" 하며 우체부가 우편물 뭉치를 던질 적마다 우편물에 정학 통지서가 들어 있지 않나 바짝 긴장했다.

그뿐만이 아니었다. 우리 학교 당국에서도 부산 우리집으로 내가 여학생에게 편지 보낸 사실을 통고했다.

좀체 편지를 하지 않던 어머니가 나에게 편지를 보내 나무랐다.

"공부하라고 서울까지 보냈는데 연애질이 웬 말이냐."

그러면서 아버지가 화가 나서 몇 날 며칠 술만 마시고 있다고 했다. 아버지가 몇 날 며칠 술을 마신다는 것은 전혀 놀랄 일이 아니었다. 문제는 술에 만취한 아버지가 내가 있는 서울을 향해 몇 날 며칠이고 쌍욕을 해대고 있다는 것이었다.

나는 훈육주임에게 대답한 변명을 그대로 편지에 담아 아버지에게 보내어 간신히 아버지의 쌍욕을 멈추게 했다.

나중에 들으니 아버지와 순임 아버지가 경란 엄마 포장마차에서 만나 술에 취해 대판 싸움을 벌였다고 했다.

훈육주임은 영어 교사로 영어 시험을 너무나 어렵게 내어 지금까지 수년간 만점을 받은 학생이 한 명도 없다는 전설적인 이야기가 내려오고 있었다. 나는 내 뺨을 때린 훈육주임에게 복수하기 위해 영어 시험 만점을 받고 말았다.

순임 편지 사건은 나의 사춘기를 송두리째 흔들었다. 나의 허전하고 흔들리는 마음을 달랠 길이 없었다. 그 무렵 맛 들인 자위행위를 해보아도 순간적인 만족뿐이었다.

입주 아르바이트 집 먼 친척 아저씨는 문교부 공무원으로 다락 책장에 제법 많은 책을 간수하고 있었다. 그중에 생전 처음 보는 『현대문학』 잡지가 창간호부터 100여 호까지 꽂혀 있었다.

잡지 한 권에 소설이 열 편 가까이 실려 있고 시, 수필, 평론들이 알차게 담겨 있었다. 한 권씩 꺼내어 소설 읽는 재미가 쏠쏠했다. 그 단편소설들은 그동안 읽은 소설류들과는 차원이 달랐다.

1년쯤 지나니 단편소설을 천 편 가까이 읽게 되었다. 순임 편지 사건의 충격이 그 소설들을 읽는 동안에는 새로운 현실로 인도되어 시나브로 완화되는 느낌이었다.

2학년 때 학교에서 다시 복원된 '화동문학상' 소설 부문에 응모했다. 생전 처음 써보는 단편소설이었다. 나는 『현대문학』에서 읽은 황순원의 「자연」이라는 소설을 흉내내어 2인칭 시점으로 써나갔다. 순임과 지냈던 일들과 편지 사건을 거의 그대로 옮겨놓으며 허구를 가미했다. 제목은 「나의 가난한 별」이었다.

김동리 선생의 심사를 거쳐 그 소설이 당선되었다. 부산중학교 1년 선배인 이철이 시 부문에 당선되어 소설과 시 부문을 부산 출신들이 휩쓴 셈이었다.

1학년 때 전교 1등을 하던 녀석이 2학년 때 '화동문학상' 소설 당선까지 하게 되니 아이들의 입방아에 오르지 않을 수 없었다.

나에게도 글 쓰는 재능이 있다는 사실을 알게 된 나는 공부보다는 문학의 세계로 점점 빠져들었다. 김동리의 거의 모든 소설을 읽고 3학년 때는 「사춘기의 고독과 육정」이라는 희한한 제목의 김동리 평론을 써서 교지에 발표했다.

아버지가 교원노조 운동을 하다가 잘려서 과외방을 여는 바람에 순임을 알게 되고 순임 편지 사건으로 '사춘기의 고독과 육정'을 지독하게 앓으며 문학의 세계로 이끌려갔으니 아버지와 순임이 나의 문학병과 관련 없다고 할 수 없었다.

18

아버지와 함께 「콰이강의 다리」를 보러 가던 길, 중학교 등하굣길 중간쯤에 유인숙의 집이 있었다. 서른 계단 정도 올라간 곳 왼편에 대문이 보이고 대문 너머 꽤 우람한 가옥이 자리 잡고 있었다.

그 가옥이 인숙 집인 줄 어떻게 알았는지 기억에 없지만 아마도 국민학교 동무가 그 옆을 지나면서 알려주지 않았나 싶다.

인숙 집인 걸 알기 이전 그 길을 걷던 마음과 이후의 마음은 사뭇 달랐다. 인숙 집이 가까워지면 내 입에서 조용히 '그 집 앞을 지나노라면' 노래가 새어나왔다. 그 집으로 인숙이 들어가거나 집에서 나오는 모습을 본 적은 없지만 그 집이 동네 전체를 품고 있는 듯한 느낌, 내가 그 집에 안긴 듯한 묘한 느낌을 받으며 길을 지나갔다.

언젠가 아래쪽 차이나타운 근처 천보극장에서 게리 쿠퍼와

버트 랭카스터가 나오는 서부극을 동무들과 구경한 적이 있는데, 저 앞 좌석에 인숙이 앉아 있는 걸 보고는 순식간에 인숙이 극장 전체로 가득 퍼져나가는 듯한 느낌에 사로잡혔다.

하루는 학교에서 반 아이들이 『학원』 잡지 한 권을 두고 빙 둘러서서 '유인숙 어쩌고' 하는 소리를 들었다. 가까이 다가가 살펴보니 『학원』 잡지에 인숙 사진이 실려 있는 게 아닌가. '전국 중고교 학원문학상' 특선에 뽑힌 시도 실려 있었다. 제목은 「비 온 후」였다.

문득 한글날 백일장에 인숙과 함께 참가했던 일이 떠오르고 시발택시 인숙 무릎의 감촉이 되살아났다.

"우리 부산 경남여중에서 특선 상을 받았네!"

아이들은 자기들을 대표하여 인숙이 상을 받은 양 들떠 있었다.

그날 집으로 돌아가는 길에 인숙 집 맞은편 골목에 교복 입은 반 친구들과 몇 명 아이들이 엉거주춤 몰려 서 있는 것을 보았다.

내가 그들을 알아보고 "왜 이리 여 서 있노?" 물어보았다.

아이들은 "저 집이 누구 집인 줄 아나?" 하며 인숙 집을 손으로 가리켰다. 나는 나만 아는 비밀이 들킨 것 같아 아무 대답도 하지 않았다.

"근데 왜 여 서 있노?"

"축하 카드야."

아이들이 손에 쥔 카드들을 들어보였다. 어떤 아이는 아예 하얀 봉투에 편지를 넣고 온 모양이었다. '학원문학상' 특선을 축하해주면서 인숙을 사진이 아니라 실물로 만나고 싶었을 터였다.

나는 인숙이 아이들에게 공유되는 상황에 당황하며 서운하지 않을 수 없었다. 사실 그 순간은 나만의 인숙을 아이들에게 빼앗긴 기분이 들었다.

하지만 대학에 들어가서 나만의 인숙을 되찾을 수 있는 사건이 벌어졌다.

그 무렵 입시 커트라인이 가장 높은 법대에 들어왔으면서도 아버지의 꾸지람 때문에 별로 신이 나지 않았다.

내가 법대에 합격한 후 부산 집 아버지에게 전화를 걸어 합격 소식을 알렸다. 아버지는 약주를 마셨는지 혀 꼬부라진 소리로 물었다.

"합격했다구? 그래 수석으로 합격했나?"

"수석은 아닙니더."

"이노무 새끼, 수석도 못 하고. 전화 끊으라 마!"

아버지가 진짜 전화를 확 끊고 말았다.

그 어려운 법대에 합격했는데도 축하 한마디 듣지 못했다. 그날 밤 울분을 삼키며 밤거리를 헤매고 다녔다.

좀 우울한 기분으로 학교 휴게실에 앉아 있다가 바로 옆 쓰레기통에 버려진 미대 전시회 팸플릿에서 놀랍게도 1학년 유인숙 이름을 발견했다. 심장이 멎는 줄 알았다.

유인숙. 흔한 이름이라 어쩌면 동명이인인지도 몰랐다. '학원문학상' 특선 상까지 받았으면 문학과 관련된 학과로 들어왔을 텐데 미대라니.

나는 하숙방으로 돌아와 정신없이 편지를 쓰기 시작했다. 동명이인인지 물어보고 봉래국민학교 이야기를 써서 보냈다. 이번에도 순임 편지처럼 학교 주소로 편지를 보냈다. 이제 대학생이 되었는데 훈육주임에게 뺨을 맞을 일은 없을 터였다.

인숙의 답장을 기다리는 하루하루가 천 년 같았다.

19

마침내 일주일쯤 지난 후 인숙에게서 편지가 왔다. 하얀 편지봉투를 찢는 순간 봉투 속에서 종소리가 울려나왔다. 그렇게 기억하는 건 편지 첫 단어가 '종소리'였기 때문이리라. 종소리를 먼저 들었는지, '종소리'를 먼저 읽었는지 지금도 헷갈린다.

절간인지 교회인지 종소리가 울리는 새벽에 편지를 쓰고 있다고 했다. 봉래국민학교 운동장에서 뛰놀던 소년의 모습이 어렴풋이 떠오른다고도 했다. 나는 뛸듯이 기뻤다. 동명이인이 아니었다.

그 이후 나는 거의 매일 편지를 쓰고 인숙은 사나흘 간격으로 답장을 보내왔다.

빨간 우체통에 편지봉투를 밀어넣고 온 날 잠을 자면서 해괴한 꿈을 꾸기도 했다. 내 편지가 들어 있는 빨간 우체통이 홍수에 떠내려가고 있는 게 아닌가. 나는 우체통을 붙잡으러 누런 황토물에 뛰어들어 온 힘을 다해 헤엄쳐나갔다. 하지만 우체통은 저 멀리 떠내려가고 말았다. 꿈속에서도 내 편지가 인숙에게 전해지지 못했다는 망단감에 흐느껴 울었다.

그렇게 3개월 가까이 편지를 주고받다가 고교 동창회에 파트너를 데리고 오라는 통지를 받고, 인숙에게 만나자는 편지를 보냈다. 인숙은 나의 제의에 확답은 하지 않은 채 서로 만나게 되면 내가 인숙에 대해 가지고 있는 환상이 깨어질까 두렵다고 했다. 내가 편지 속에서 인숙을 너무나 환상적으로 그리고 있었던 모양이었다.

나는 직접 미대로 인숙을 찾아가기로 했다. 그 당시 법대와 미대는 큰길을 사이에 두고 마주 보고 있어 가까운 거리에 있었으나 법대를 비롯한 몇몇 대학 신입생들은 교양과정부로 통합되어 멀리 상계동 공대 건물을 빌려 수업을 받았다. 실기와 실습 위주인 미대 음대 의대 같은 대학들은 교양과정부에 통합되지 않고 원래대로 수업했다.

나는 남녀 신입 동창생 그룹에서 알게 된 미대 여학생에게 부탁하여 인숙을 미대 앞 '낙산다방'으로 나오게 했다. 다방에서는 조영남의 「딜라일라」가 우렁차게 울려 퍼지고 있었다.

나의 '딜라일라'는 언제 나타날 것인가. 중학교 고등학교 시절을 다 거치고 만나게 되니 근 6년 만에 상봉하는 셈이었다.

드디어 다방 문이 열리고 인숙이 나타났다. 미술 실기를 하다가 나왔는지 물감이 얼룩덜룩 묻은 하얀 작업복을 입고 있었다. 그 작업복은 여백이 많은 추상화 같았다. 6년 만에 보는 인숙도 추상화처럼 여겨졌다.

늘 구상화로 인숙을 그리고 있었는데 윤곽선들이 희미해지고 구부러져 혼효되고 말았다. 그래도 큼직한 두 눈과 야무진 입술 부위는 국민학교 소녀를 떠올리기에 충분했다. 서로 만나면 자신에 대한 환상이 깨어질 거라는 인숙의 말을 되새기며, 깨어지려는 환상을 간신히 붙들어매었다.

인숙과 나는 3개월 남짓 편지로 자못 많은 이야기를 주고받았으므로 정작 대화를 하려니 서먹하기만 했다.

인숙은 고맙게도 동창회 파트너로 동행하겠다고 약속하고 이행해주었다. 동창회에 참석한 이후에도 좀 뜸해지기는 했으나 계속 편지를 주고받았다. 그런데 차츰 인숙의 편지에는 전에는 없던 종교 이야기가 담기기 시작했다.

나중에 전말을 알게 되긴 했는데, 인숙은 그 무렵 따라붙는 몇몇 남학생들 문제로 고민을 하다가 선교단체에 다니는 미대 선배를 만나 상담을 받게 되었다. 선교단체 미대 회원들이 합심하여 남자들을 하나씩 하나씩 정리해나갔다. 하나씩 정리해나갔다는 것은 남자들을 한 명씩 끊어내었다는 말이다.

마지막으로 그 남자들 중 내가 남았다. 미대 회원들은 인숙에게서 내 편지들을 입수하여 돌려가며 읽으며 나를 분석하고 품평했다.

그들의 결정에 내 운명이 달려 있었다. 인숙에게서 잘려 나가느냐, 어떤 모양으로든지 붙어 있느냐.

그들은 내 편지들을 합평한 결과, 이런 편지들을 쓴 남학생은 사악할 리가 없다고 판단한 모양이었다. 어쩌면 순수한 구석이 있을지도 모르니 끊어내기보다 선교단체로 끌어들이기로 작전을 짰다. 이제 인숙은 그들이 나를 선교단체로 끌어들이는 미끼가 된 셈이었다.

자초지종을 몰랐던 나는 한번 문 미끼를 놓지 않고 미끼의 유도를 따라 한 걸음 한 걸음 선교단체로 끌려 들어갔다.

내가 선교단체에서 성경공부를 시작할 무렵 예기치 못한 일이 벌어졌다. 미대 선배들이 합심하여 끊어낸 인숙의 남자들이 하나둘 선교단체로 슬금슬금 기어들어왔다. 예수를 믿어보려고 왔다는데 쫓아낼 수도 없었다.

난감해진 인숙은 선교단체를 떠나고 그런 식으로라도 인숙과의 끈을 놓지 않으려 했던 남학생들도 떠나갔다. 나는 미대 회원들의 평가대로 '순수한 영혼'을 지녔으므로 인숙을 따라 선교단체를 떠나는 일을 자행하지 않았다.

아버지 출근길에 달려와 방긋 웃으며 인사하던 소녀가 대학 시절 내가 기독교에 몰입하도록 길을 열어준 셈이었다.

20

40대 가까이 보이는 선교단체 지도자는 나보다 키가 작아 기분이 좋았다. 지도자보다 나이가 조금 많은 듯한 미국 여선 교사가 동역을 하고 있었는데 20대에는 빼어난 미인이었을 용모였다.

한국어에 능숙한 여선교사는 '타임반'을 인도하여 고급 영어 배우기를 원하는 남녀 학생들이 모여들었다. 그 학생들은 나중에 대부분 선교단체 회원이 되도록 권유받기 일쑤였다.

'타임반'은 그물로 따지면 대부망의 길그물 역할을 했다. 길그물로 들어선 고기들은 결국 대부망 안쪽 통그물로 유도되기 십상이었다.

지도자의 학력은 정확히 알 수 없고 구태여 알려고도 하지 않았지만, 대화나 설교 중에 철학과를 나와 총신 계통 신학교를 졸업했다는 건 알 수 있었다. 목사 안수는 받지 않았는지 '목사'라는 단어 대신 '목자'라는 용어를 사용했다.

화요회 수요회 같은 모임 리더인 시니어 대학생도 목자라 불리었고 스태프들이나 지도자도 똑같이 목자라 불리어 직명에는 상하 차이가 없었다. 다만 선배 목자나 지도자에게는 '님' 자를 붙여 존경을 표했다. 기성교회 조직과 달라 일단 거부감이 반감되었다.

　성경공부는 주로 일대일로 진행되다가 종종 전체 회원이 모여 성경 강의를 들었다. 처음에는 지도자와 스태프들이 성경 강의를 했으나 차츰 학생들이 한 강좌씩 맡아 강사로 나서기도 했다.

　일대일 성경공부가 원칙인데 희한하게도 나에게는 일종의 멘토 역할을 해줄 목자가 배정되지 않았다. 나를 일대일로 감당하기가 벅찼던 것일까. 아니면 지도자가 직접 일대일 목자 역할을 하는 것인가.

　사실 나는 지도자 외에 다른 목자들은 속으로 인정하고 싶지 않았다. 그런 '교만'을 눈치챈 선배들이 나에게 섣불리 접근하려고 하지 않았는지도 몰랐다. 지도자는 일대일로 나에게 성경을 가르치지는 않았지만 특별한 관심을 기울이는 것 같았다. 나 스스로 나의 일대일 목자는 지도자뿐이라고 여기기로 했다.

굵은 뿔테 안경을 낀 지도자는 키는 작았으나 단단한 체격을 지니고 동작도 재빠른 편이었다. 젊은 시절에 권투 선수였다는 소문도 있었다.

지도자는 왠지 내 마음속을 꿰뚫어 보고 있는 듯했다. 간혹 지도자와 내가 둘이서 기도를 하게 되는 경우 나는 바짝 긴장했다. 지도자가 나를 위해 기도해나가면 나의 내부가 해체되어 드러나버리는 것 같았다. 그는 나의 비밀스런 부분까지 알고 있다는 생각을 떨칠 수 없었다.

어떤 때는 그가 날카롭게 나의 은밀한 부분을 기도로 폭로한다고 느끼고 부들부들 떨기도 했다. 성령이 그에게 남의 비밀을 꿰뚫어 볼 수 있는 신통력을 준 것인가.

지도자는 설교나 광고 시간에 월남전에 대해 언급하면서 미국을 비난하기도 했다. 월남 파병까지 한 정부 정책과 정면으로 배치되는 발언이었다. 나는 그런 발언을 할 수 있는 그의 용기와 소신에 끌렸다.

선거철이 다가오면 정치인들을 먹이를 탐하는 돼지 떼에 비유하면서 그 돼지들에게 투표하고 싶지 않지만 할 수 없이 국민된 도리를 한다고 퉁명스럽게 토로했다. 어느 당이나 누구를 지지해야 한다는 말은 아예 하지 않았다.

나는 아버지를 실직자로 만든 박정희에 대해 반감을 가지고 있었으므로 지도자의 그런 발언이 목마른 날의 냉수 같았다.

나중에 내 심리를 분석하여 알게 된 사실이지만 지도자에게서 내가 원하는 아버지, 술에 취하지 않는 아버지를 찾고 있었다.

21

1학년 때 '대학신문 문학상'에 소설로 응모하여 당선작 없는 가작에 뽑혔다. 국문학과 독문학과 불문학과 등 1학년에서 4학년까지 쟁쟁한 문학도들이 많았는데도 법대 신입생이 문학상을 받았으니 학교에서 화제가 된 모양이었다.

소설 제목은 「고독한 탈출」로 고3 학생이 입시 스트레스에 시달리다가 자살하게 되는 과정을 담았다.

2학년 때는 이문구 소설가가 편집장으로 있던 『월간문학』 신인상을 받았다. 그때도 당선작 없는 가작이었다.

'당선작 없는 가작'을 두 차례나 받다니. 1등은 1등인데 1등으로 인정하지 않는다는 뜻인가. 1등이면 그냥 당선이라고 해도 될걸.

신인상 소설 제목은 「삼부합창」으로 입주 아르바이트 하던 집의 아이들 할머니 장례식을 소재로 삼았다. 매장꾼들이 하관한 후에 무덤 흙을 긴 장대로 다지며 부르는 노랫소리가 인상적이어서 세세하게 묘사했다. 그 노래가 나에게는 '에헤 허리 돌고 에헤 허리 돌고'로 들렸다. 아닌 게 아니라 매장꾼들은 자주 허리를 돌리면서 무덤 흙을 다져나갔다.

신인상 상장 수여는 화동문학상 심사위원으로 내 소설에 당선의 영예를 안겨준 김동리 선생이 담당해주었다. 잠시 후 그 자리에서 한국문인협회장 선거가 치러질 예정이라 재선을 노리는 김동리 선생이 나보다 더 긴장한 것 같았다. 굳은 표정으로 상장을 수여하고는 나에게 따뜻한 격려 한마디 해주지 않았다. 하긴 이미 상장에 적힌 글이 격려로 충분하다고 할 수 있었다.

3학년 때는 『동아일보』 신춘문예 소설 부문에 응모하여 드디어 당선에 이르렀다. 내 나이 스무 살로 역대 최연소 당선이었다. 나보다 어린 나이에 신춘문예로 등단한 작가가 있긴 하지만 당선이 아니라 '당선작 없는 가작'으로 입선되었다.

신춘문예 당선 소설 제목은 「만화경」이었다.

5, 6학년 국민학생들이 주인공이었다. 일인칭도 아니고 복수 일인칭, '우리들' 인칭 소설이었다. '우리들'이 어색하여 나중에 소설집을 낼 때는 '우리'로 바꾸었다. '우리들'이 '우리' 보다는 더 정감이 가는 어조이긴 하지만.

가뭄과 홍수로 어려움을 당하는 동네 아이들이 처음에는 색종이를 잘라 만화경에 넣고 돌려 보다가 지루해지자 이번에는 각종 곤충의 날개를 뜯어 넣었다.

주일학교에 다니는 아이들이었는데 주일학교 선생의 불친절한 어투에 마음이 상하여 당돌하게도 신의 날개, 교회 첨탑의 나무 십자가 양쪽 날개를 자르기로 작당한다. 캄캄한 밤중에 '우리들'이 톱을 몰래 들고 논길을 지나 교회로 다가가면서 이전 일을 회상하기도 하는 과정이 육감적으로 묘사된다.

여기서 '육감적'이라고 한 것은 심사위원들이 심사평에서 그런 용어를 썼기 때문이다. 심사위원은 그 유명한 황순원, 강신재 선생이었다.

심사평은 다음과 같았다.

"당선작 「만화경」은 육감적이리만큼 생생한 묘사가 매우 주의를 이끄는 작품이었다. 고루한 소설 작법에 깊이 얽매이지 않았고 또 조금 색다른 수법에는 으레 따르는 생경함에 해쳐지는 일도 없이 능숙하게 자기 세계를 펼쳐 나간 기량이 앞으로 더 무게 있는 소재를 소화하는 데도, 심각한 문제성을 제시하는 데도 강한 무기일 수 있으리라고 믿어졌다.

'우리'라는 조무래기 친구들 공동의 눈을 통해 관찰되고 포착된 상황들은 끝에 가서 '나'를 비로소 발견하는 주인공의 의식과 결부되면서 소설의 마무리를 이루고 있다.

맵시 있게 짜여진 일편이라 하겠다. 작자의 앞날의 발전을 빈다."

좀체 칭찬 일변도로 심사평을 쓰지 않기로 소문난 황순원 선생이 극히 이례적인 평을 한 셈이었다.

「만화경」은 선교단체 성경공부에서 착상을 얻었다. 그동안 성경을 읽은 적이 거의 없었는데 체계적인 성경공부가 나를 새로운 세계, 새로운 현실로 옮겨놓았다. 성경 기록들이 역사적으로 사실이냐 아니냐는 별로 중요하지 않았다. 가상현실에서 진실이냐 아니냐 따지지 않듯이, 나는 잠깐의 회의懷疑 기간을 거치고 나서 그냥 성경 속으로 텀벙 들어가버렸다.

에덴에서 선악과를 따먹고 나무 뒤에 숨은 아담을 여호와가 찾았다.

"네가 어디 있느냐?"

이 물음은 성경에서 신이 인간에게 던진 최초의 질문이었다. 여호와가 아담이 어디에 있는지 몰라 물은 게 아니었다.

'네가 있어야 할 곳에 있느냐?'

아담이 어디에 있는지 스스로 돌아보게 하는 질문이었다.

바로 신이 나에게 던지는 질문, 나 자신이 나에게 던지는 질문, 일생토록 반복되는 근원적이고 궁극적인 질문이었다.

나는 아버지가 감옥에 갇힌 국민학교 6학년 무렵 이미 죽은 내 시체를 내가 내려다보고 있는 섬뜩한 꿈을 꾼 이후로, '내가 어디에 있는지' 스스로 묻게 되었다. 소위 실존에 눈뜨는 경험이었다.

어린아이들이 비로소 실존에 눈뜨는 순간을 포착하는 소설을 쓰고 싶었다. '우리들'에서 '나'로 전환되는 시점이 바로 그 순간이었다.

심사위원들은 내 소설의 의도를 정확하게 파악했고 칭찬과 격려를 아끼지 않았다.

심사평을 읽기 전에 쓴 당선소감 제목은 '할렐루야'였다. 그 당시 『동아일보』 문화부에 근무했던 김병익 기자가 당선소감 제목을 고치도록 조언할 만도 했는데 그대로 지면에 실어버렸다. 지나고 보니 '할렐루야'는 당선에 대한 반응이라기보다 심사평에 대한 반응으로 더 어울릴 듯싶었다.

문학에 경도되는 것을 몹시 꺼려했던 아버지는 내 소설과 당선소감 심사평들이 전면 가득히 실린 1971년 1월 4일 자 『동아일보』를 열 부가량 잔뜩 사들고 비틀비틀 삼양동 집으로 들어섰다. 그 무렵은 우리집이 부산에서 서울로 이사 와 있었다.

아들의 사진과 소설들이 실린 신문을 보고 반갑긴 한 모양이었으나 아버지는 축하한다는 말은 끝내 하지 않았다.

다만 당선소감 제목이 무어냐고 자꾸 물었다.

"할 할, 그 뭐냐? 렐 렐, 루야? 그게 뭔 말이야? 응?"

신문에 실린 소설은 아들이 문학으로 빠질 거라는 두려움을 주고, 당선소감 제목은 아들이 종교에 더욱 심취할 거라는 두려움을 아버지에게 주었음에 틀림없었다.

아버지는 '할렐루야' 발음이 어려웠는지 조금 후에는 '헬렐레'라고 발음했다.

"헬렐레가 뭐야?"

내가 대답을 망설이고 있는데 아버지는 술기운을 이기지 못하고 어느새 방바닥에 널린 신문들 위에 엎드려 코를 골기 시작했다. 잠이 들면서도 잠꼬대처럼 또 물었다.

"헬렐레가 뭐냐니까?"

22

선교단체에서는 남학생과 여학생 사이에 연애감정이 싹터 서는 안 된다는 불문율이 있었다. 하지만 혈기 왕성한 20대 청춘들이라 연애감정이 저절로 생기는 걸 어찌하겠는가.

어느 남학생이 한 여학생에 대해 연애감정이 스멀거리기 시작하면 짐짓 연애감정이 없는 양 오히려 그 여학생에 대해 냉담한 태도를 취했다. 아무리 자신의 감정을 스텔스기처럼 숨기려 해도 지도자의 예리한 레이더망을 피할 수는 없었다.

연애감정이 들켜버린 남학생은 특별훈련을 받아야만 했다. 성경 묵상문을 나누는 요회 소감발표 시간에 자아비판을 하거나 신체 단련 훈련을 받았다. 심한 경우는 생엄지발톱을 뽑는 고통을 당하기도 했다.

그런 훈련을 받고 연애감정을 극복한 회원은 성인식 통과의례를 거친 아프리카 원주민 청년처럼 지도자와 회원들의 인정을 받고 복귀할 수 있었다.

어떤 여학생은 소감발표 시간에 너무 구체적으로 남학생 이름까지 언급하며 그 학생에 대해 연애감정이 있었으나 이제는 극복했다는 고백을 하고는 스스로 고백의 무게를 감당하지 못하고 나가떨어져버렸다.

나를 선교단체로 인도한 인숙이 떠나는 바람에 허전해질 대로 허전해진 내 마음이 연애감정의 파도에 안전할 리 없었다.

지도자는 3학년이 된 나를 수요회 목자로 임명하고 문리대 여학생을 동역자로 세웠다. 그 여학생은 문리대, 아니 대학교 전체에서 이미 소문나 있었다.

그 여학생은 자신의 아름다움을 자랑하기는커녕 감추기에 여념이 없었다. 자신의 아름다움을 누가 발견이라도 하면 큰일이라는 듯 늘 다소곳이 고개를 숙이고 발걸음조차 사분사분 조심스럽게 떼었다.

그래서 더욱 신비로운 느낌을 자아내었다. 간혹 고개를 들어 나를 똑바로 바라보면 갈색 기운이 희미하게 배어든 홍채 빛에 그만 스르르 녹아버릴 것만 같았다. 내 몸을 휘감아도는 감미로운 기운이 들키지 않도록 짐짓 딴전을 피웠다.

지도자는 내 속에 움트는 연애감정을 눈치챘을 텐데도 오히려 두 사람이 수요회 양 무리를 위하여 서로 사랑으로 동역을 잘해야 된다는 식으로 밀어붙였다. 말하자면 동역자인 그 여학생에 대한 사랑이 나에게 부족하다는 것이었다. 물론 이 사랑은 육신적인 사랑이 아니라 순수한 영적 사랑, 예수의 사랑이었다.

연애감정에 빠지지 않으려고 애를 쓰는데 사랑하지 않는다고 지적을 하니 혼돈스러울 수밖에 없었다.

겨울방학 무렵 지도자는 두 사람이 열차를 타고 멀리 대구까지 가서 방황하고 있는 한 자매를 도우라는 지시를 내렸다. 그 여학생과 나란히 열차 좌석에 앉아 대구까지 네댓 시간이 걸리는 긴 여행을 하면서, 이건 지도자의 계략일 거라고 의심했다. 내가 연애감정에 빠지는지 빠지지 않는지 시험해보는 잔인한 계략에 말려들어서는 안 된다고 마음을 다잡아 먹었다.

하지만 그녀가 내 옆에 앉아 있고 그녀 어깨 너머 차창에서는 눈발이 희끗희끗 날리고 있는데 어찌 행복하지 않을 수 있겠는가.

족히 하루가 걸린 그 여행 이후에 지도자는 나를 더욱 관찰하는 것 같았고, 나는 시치미를 떼며 당신의 계략에 넘어가지 않았다고 속으로 되뇌었다.

수요회 모임이 열릴 때 하루는 지도자가 그 여학생 옆에 앉더니 아주 자연스럽게 그녀의 단발머리를 뒷목까지 쓰다듬고는 얼른 손을 떼었다. 짧은 순간이었지만 지도자도 나의 레이더망에 걸리고 말았다.

그녀의 새끼손가락 끝이나 머리카락 끝조차 만진 적이 없는 나로서는 지도자의 동작이 부럽기도 하고 꺼려지기도 했다. 지도자도 그녀의 지극한 아름다움 앞에서는 어쩔 수 없나 보다 싶기도 했다.

남녀 대학생들은 연애감정을 가져서는 안 된다고 하면서 자기에게는 지도자라는 명목으로 연애감정을 허용하는지도 몰랐다.

하지만 그의 손길을, 딸이나 손녀가 사랑스럽기 그지없다는 듯 쓰다듬는 부모와 조부모의 손길, 양털을 어루만지는 목자의 손길이라 여기기로 했다.

그래도 한편, 과외방 여학생들을 두고 아버지와 내가 삼각관계를 이룰 뻔했던 일을 떠올리며, 지도자와도 삼각관계로 얽히면 어쩌나 두려움이 몰려왔다.

23

지도자는 아내와 어린 아들딸이 있었지만 아내와 아이들은 선교단체에 잘 나타나지 않았다. 오히려 미국 여선교사가 늘 지도자와 함께하여 모르는 사람들은 지도자와 여선교사가 부부관계가 아닌가 착각할 만했다.

여선교사는 선교를 위해 일생을 독신으로 살기로 결심하고 한국으로 왔다가 대학생 선교에 열정을 품은 지도자를 만나 뜻을 합하게 되었다.

지도자의 책망을 들은 학생들이 눈물을 흘리며 여선교사를 찾아가면 따뜻한 말로 위로해주며 품어주었다. 가정으로 보면 지도자는 엄격한 아버지 역할을, 여선교사는 다정한 어머니 역할을 한 셈이었다.

지도자가 좀 과격한 방향으로 돌진하려고 하면 여선교사가 때에 맞게 제지하기도 했다.

어떤 경우는 여선교사가 지도자에게 누나 역할, 더 나아가 어머니 역할까지 하는 듯했다. 평소에는 부드러운 모습으로 온화한 미소를 띠고 있다가도 결정적인 순간에는 과단성 있는 발언을 하기도 했다.

지도자의 단점과 인격의 결함을 여선교사가 보완해주고 있다는 느낌이 강하게 들었다. 어쩌면 지도자는 여선교사의 레이더망 안에서 움직이고 있는지도 몰랐다.

지도자와 여선교사의 묘한 동역이 모임을 이끌어가는 비결이요 기반이라 여겨졌다. 지도자의 빼어난 영어 실력도 여선교사의 조력에 힘입은 바 클 것이었다.

여선교사의 '타임반'에 꾸준히 참여했던 수요회 동역자 그 여학생은 어느새 따로 몇 명 타임반을 만들어 지도해나갔다. 그녀가 영어공부에 열심이었던 이유는 미국 유학을 가기 위함이었다. 미국 유학은 곧 미국 선교를 의미했다.

내가 군대에 갈 무렵 그녀는 미국 유학을 떠났다.

고참들에게 시달리며 춘천 우두동 공병여단에서 복무하고 있을 때 미국 여선교사가 나에게 편지를 보냈다. 여선교사가 나에게 편지를 보내는 것은 극히 예외적인 일이었는데 편지 내용도 충격적이었다.

유학을 간 그녀가 미국 기숙사 생활을 하는 중에 정신이상을 일으켜 병원에서 전기충격 치료를 받았고 기억상실증에 걸려 얼마 전에 귀국했다는 내용이었다.

내 소설 『라하트 하헤렙』에서는 허구와 상상력으로 그녀가 정신이상을 일으킨 원인을 추적하기도 했지만, 사실은 그 원인이 무엇인지 잘 알지 못했다. 하긴 원인을 모르는 병들이 얼마나 많은가.

몇 년 후에 극장에서 본 「뻐꾸기 둥지 위로 날아간 새」에서도 주인공 잭 니콜슨이 위장 환자로 있다가 강제로 전두엽에 전기충격 치료를 받고 실제 정신이상자가 되었다. 그녀도 어쩌면 받지 않아도 될 전기충격 치료를 받고 상태가 악화되었는지도 몰랐다.

그 편지를 펼쳐보고 나도 전기충격을 받은 듯 온몸이 떨리다가 경직되었다.

그런데 왜 이런 충격적인 편지를 여선교사가 직접 한글로 써서 나에게 보낸 것일까.

선교단체 지도부에서 나와 그녀를 결혼시키려고 계획하고 있었기에 나에게 우선 급하게 사정을 알려주어 마음 준비를 하라고 암시하는 것인가.

그녀의 소식이 준 충격에서 헤어나지 못하고 비틀거리고 있는 와중에 또 충격적인 소식들이 날아왔다. 후배 회원들이 나를 힐책하는 편지들이었다.

그녀가 정신이상을 일으켜 귀국을 하게 된 게 내 탓인 것처럼 몰아세우고 있었다. 그녀의 손 한번 잡아보지 못한 내가 그녀에게 못된 짓을 해서 그녀가 깊은 상처를 받고 정신이 어려워졌다는 것이었다.

나는 후배 회원들이 무슨 말을 하는지 이해할 수 없었으나 왜 그런 말을 하게 되었는지는 짐작할 수 있었다.

그녀가 공항에서 회원들의 단체 배웅을 받으며 미국 유학, 미국 선교를 떠났다가 정신이상으로 귀국한 사건은 선교단체로서 몹시 불미스런 일이었다.

지도자는 그녀가 그렇게 된 원인이 내가 그녀에게 저지른 잘못에 있다는 식으로 설교하거나 광고했을 가능성이 농후했다. 지도자에게는 원만히 단체를 이끌고 가기 위해서는 희생양이 필요했을 터였다.

그 희생양이 마침 군대에 있으니 마음껏 모든 책임을 뒤집어씌울 수 있었다. 지도자의 말을 곧이곧대로 받아들이는 데 익숙한 후배들은 내가 그녀에게 저질렀다는 잘못을 자기들 나름대로 추측하여 나를 힐난하고 있었다.

나에게 잘못이 있다면, 그녀에게 잘못을 저지르지 않으려고, 연애감정을 숨기려고 애쓴 일밖에 없었다. 그녀의 손을 잡아보거나 껴안아보기라도 했으면 덜 억울할 텐데 내가 무얼 잘못했다고 이러나 이제는 내가 정신이상을 일으킬 지경이 되었다.

그러고 보니 여선교사가 나에게 편지를 보낸 저의도 의심스러워졌다. 안타까운 소식을 나누려고 했다기보다 나 때문에 그녀가 그리되었다는 복선을 깔아놓은 건 아닐까.

내가 제대하여 선교단체에 다시 참여하기 시작했을 때 그녀의 행방을 알 길이 없었다. 그녀의 행방을 묻는 것조차 죄가 되는 것 같아 아무에게도 묻지 않았다.

어느 날 지도자가 요회 모임에서 광고를 하면서 다시금 그녀가 어려워진 이유를 목소리를 높여 설파했다. 분명히 나를 지목하며 내가 엄청난 잘못을 저질러 그녀가 그리되었다면서 회개를 촉구했다.

그 말을 듣는 순간 내 얼굴이 터질 듯이 상기되고 두 발은 얼어붙고 말았다.

나는 그녀에게 잘못을 저지른 적이 없다고 항변하고 싶었으나, 그녀에게 잘못을 저지르지 않으려고 애쓴 일을 회개하기로 하고 입을 닫았다.

그때 문득 그녀의 단발머리를 쓰다듬던 지도자의 손길이 왜 떠올랐는지 알 수 없었다. 그러면서 선교단체를 떠날 날이 다가오고 있음을 예감했다.

그에게서 이상적인 아버지 모습을 찾으려고 했던 지도자를 떠날 날이 임박했음을 슬프게 예감했다.

24

아버지는 형과 함께 홀어머니 밑에서 자랐다. 어머니도 홀어머니 밑에서 자란 무남독녀였다.

두 홀어머니는 손자인 나를 두고 서로 시기 질투했다.

아버지가 형과 함께 일본에서 공부할 때 친할머니는 다른 친척 아들도 거두어 친아들처럼 돌보았다. 친척 아들은 나중에 사법고시에 합격하여 판사가 되었다. 아버지가 사법고시에 집착한 것도 그 친척 아들의 영향 때문일 수 있었다.

해방 1년 후에 아버지는 부산 성동국민학교 교사로 부임하여 근무하다가 6·25 전쟁이 터질 무렵에는 고향인 고성국민학교로 옮겨 근무하고 있었다.

아버지의 형, 큰아버지는 내가 태어날 즈음 행방불명되었다가 6·25 전쟁이 일어나 인민군이 고성으로 진군해올 때 대좌 계급장을 달고 백마를 타고 들어왔다. 국민학교 교사로 근무하던 아버지는 돌변한 형의 모습에 얼마나 당황했을까.

인민군이 후퇴하게 되자 큰아버지는 지리산으로 피신하여 빨치산 활동을 하다가 체포되어 재판에 회부되었다.

재판장이 하필 일본에서 친할머니가 거두어 돌보았던 친척 아들이었다. 큰아버지와 형제처럼 지낸 재판장이라 아무래도 큰아버지에게 유리한 판결을 내렸을 터였다.

전향서를 쓰도록 했는지는 모르나 얼마 후에는 불리한 기록들이 삭제되어 큰아버지는 향토사학자로 고향에서 활동하고 고성 바다를 중심으로 굴 양식 같은 수산업에 종사했다.

아버지가 국민학교에서 파면당하고 실직자가 되자 어머니의 모친, 외할머니가 그동안 모은 재산을 다 정리하여 딸과 사위에게 넘겨주고 고성에서 부산으로 올라와 함께 살게 되었다. 그때는 이미 친할머니는 오래전에 별세하여 세상에 없었다.

돈이 좀 생긴 아버지는 바로 아랫집을 구입하여 살다가 몇 년 후에는 단층집을 헐어버리고 친한 목수에게 부탁하여 천신만고 끝에 2층짜리 새 건물을 지었다. 외할머니의 지원이 없었더라면 상상도 할 수 없는 일이었다.

그런데 건물이 다 지어지고 입주자들도 들어오고 할 무렵,

큰아버지는 아버지에게 고성 수산업 자금이 필요하니 새 집을 담보로 은행에서 돈을 빌릴 수 있도록 해달라고 부탁했다. 형의 부탁을 거절할 수 없었던 아버지는 집을 담보로 은행 융자를 받도록 해주었다.

큰아버지는 처음에는 융자금 이자를 꼬박꼬박 내다가 사업이 어려워지자 나자빠지고 말았다. 결국 은행에서 우리집을 경매에 부쳐버렸다. 외할머니 돈으로 어렵게 지은 새 집이 날아가고 말았다.

그동안 어머니와 외할머니는 고성 큰아버지 집을 몇 차례 찾아가서 어떡해서든지 집이 날아가지 않도록 돈을 마련해달라고 통사정했으나 큰아버지도 어쩔 도리가 없었다.

어머니는 큰집을 다녀오다가 자살 충동을 느끼고 실제로 약을 먹은 적도 있었던 모양이었다.

이 모든 일이 내가 군복무하던 3년 가까운 기간 안에 일어나 자세한 내막은 잘 모르고 다만 간접적으로 전해 들었을 뿐이었다.

내가 제대하고 부산으로 내려갔을 때 우리집이 어디에 있는지 몰랐다. 제대 직전에 편지로 이사간 집 주소를 받긴 했지만 영주동에서도 먼 거리에 있는 낯선 동네 주소였다.

주소가 적힌 메모지만 가지고 뜨거운 여름날 손에 수박 한 덩어리를 든 채 집을 물어물어 찾아가는 심정이 참담하기 그지없었다.

마침내 집을 찾아 식구들을 만났다. 초라한 단칸방에 식구들이 모여서 마침 삶은 감자를 먹고 있었다. 감자를 간식으로 먹고 있는 줄 알았는데 나중에 보니 쌀 살 돈이 없어 감자로 식사를 대신했던 것이었다.

외할머니는 단칸방에 함께 살 수 없어 스스로 양로원에 가서 지내다가 내가 제대해서 온다는 소식을 듣고 집으로 잠시 왔다고 했다.

버스 정류장에서 양로원으로 다시 돌아가는 외할머니를 배웅한 후 버스가 떠나가자 그동안 참고 있던 눈물이 내 눈에서 하염없이 흘러내렸다.

어머니 말로는 길거리에 나앉게 된 우리 식구들을 위해 아버지의 이전 교원노조 동지들이 십시일반 성금을 모아 임시 월세방이라도 얻도록 도와주었다고 했다.

교원노조 동지들 중에는 해직되었다가 복직한 교사들도 있었다. 아버지는 자기 대신 동지 한 사람이라도 더 복직될 수 있도록 스스로 복직을 포기했다.

장모의 지원으로 새 집도 지으며 간신히 재기하려 했던 의지마저 꺾이자 아버지는 더욱 자포자기 상태에 빠졌다.

그날도 아버지는 술에 곤드레만드레 취해서 돌아왔다. 여전히 밤새도록 되풀이되는 술주정을 견디느라 진이 빠질 지경이 되었다.

다음 날 아침 눈을 뜨자마자 방처럼 꾸며놓은 마루 공간으로 쳐들어갔다. 그 공간에 작취미성인 아버지가 엉거주춤 일어나 앉으려고 힘을 쓰고 있었다.

나는 아버지를 향해 팔과 손을 힘차게 뻗으며 온 힘을 다해 소리를 높였다.

"술 귀신아! 예수의 이름으로 명하노니 이 술주정뱅이 몸에서 당장 나오라!"

아버지는 총이라도 맞은 듯 겁에 질려 망연히 나를 올려다보았다. 아들이 미쳐가는구나 하는 표정이었다.

과연 누가 귀신에 들렸던 것인가.

25

큰아버지는 아버지보다 두 배나 키가 크지 않나 싶을 정도로 훤칠한 키에 이목구비가 뚜렷한 얼굴로 고성 여성들에게 인기가 높았던 모양이었다. 첫 번째 부인이 미친개에 물려 광견병으로 죽고 나자 곧바로 젊은 여자가 아내로 들어왔다.

큰아버지가 지리산에서 빨치산 활동을 할 때도 그 빼어난 용모로 두드러져 보였을 거라 여겨졌다.

이태의 『남부군』을 읽으면서 큰아버지의 흔적을 찾아보려 했으나 눈에 잘 띄지 않았다. 마지막 남았던 여자 빨치산 정순덕은 남편을 따라온 여자였지만 자연스레 큰아버지가 눈에 들어왔을 수도 있었다. 큰아버지와 함께 활동했을지도 모르는 정순덕을 한번 만나보고 싶었다.

그런 중에 몇몇 사람이 힘을 모아 어려운 사람들을 돕기로 하고 관악구청에 구제 사각지대가 어딘지 문의해보았다. 사람들이 돕기를 꺼려 하는 대상이 혹시 없는지 물어본 것이었다.

관악구청 직원은 낙성대 근처 비전향 장기수 출감자들이 모여 있는 '만남의 집'을 소개해주었다.

전향서 한 장만 쓰면 당장 출감할 수 있는데도 수십 년 동안 전향하지 않은 채 복역하다가 1999년 2월 대통령의 특별사면으로 감옥을 나와 공동생활을 하고 있는 곳이었다. '만남의 집'은 일반주택을 개조한 듯 깔끔하게 잘 정돈된 가옥이었다.

그 모임과 연결되자 이번 기회에 혹시 정순덕을 만날 수 있지 않나 기대되었다.

1차로 풀려난 비전향 장기수 17명 중에 41년간이나 복역했던 우용각은 출감 당시 71세로 한때 현존하는 세계 최장기수로 꼽히기도 했다. 사실 세계 최장기수는 따로 있었다. 45년을 복역하다 1995년에 출감한 김선명이 세계 최장기수로 기네스북에 등재되었다.

우용각과 김선명은 40여 년 감옥에 있는 동안 단 한 차례의 면회도 없었고 독방에 수감되어 있었다. 그들을 그 오랜 세월 살려놓은 것은 신념과 더불어 쥐들이었다. 열악한 콩밥으로 영양실조에 걸려 쓰러지기 직전 밥알 몇 알로 쥐들을 유인하여 생으로 뜯어 먹었다. 그렇게 먹은 쥐가 수백 마리나 되었다.

우용각은 수감 중 중풍으로 안면근육이 마비돼 언어장애를 겪고 식사도 제대로 하지 못했다.

'만남의 집' 다른 비전향 장기수들도 최소 29년 이상 복역했다. 열 명가량의 노인이 한 집에 모여 살고 있었는데 좌장 격인 긴 백발노인은 오랜 수감 생활에도 찌든 구석 하나 없이 형형한 눈빛으로 꼿꼿한 자세를 유지하고 있었다. 목소리도 까랑까랑했다.

"우리한테는 성경과 불경 이외는 어떤 책도 넣어주지 않았어. 그동안 읽은 적이 없는 성경을 몇 번이나 통독했는지 몰라. 웬만한 목사들보다 많이 읽었을걸."

감옥 생활 이야기를 꺼낸 백발노인에게 내가 물었다.

"성경 중에 어떤 대목이 가장 인상적이었습니까?"

"욥기지, 욥기. 극심한 시련 중에서도 신념을 잃지 않은 욥 말이야. 욥기를 읽고 읽으면서 전향 유혹을 물리쳤어."

욥기가 그런 용도로도 쓰일 수 있구나 싶었다.

백발노인은 전설적인 비전향 장기수 이종 이야기도 해주었다.

일찍이 23년간 간첩죄로 복역하다가 1988년에 석방된 이종은 감방에 종이도 안 넣어주고 연필도 없어 순전히 머릿속으로 암송하여 수백 편 시를 지었다. 그러다가 1969년 만기출소한 후 외고 있던 시들을 공책에 옮겨 적었다. 그리고 감옥 생활을 수기 형식으로 기록해놓았다.

그런데 박정희가 1975년 '사회안전법'을 만드는 바람에 비전향자였던 이송은 다시 수감되어 13년을 더 복역했다.

이송은 재수감되기 직전에 시를 적어둔 공책과 수기를 겹겹이 비닐로 싸서 어느 나무 밑에 묻어두었다. 다시 감옥에서 나오면 파내야지 했는데, 그만 13년이 지나가버렸다.

이종이 출감해서 그 나무 밑으로 가서 땅을 파보니 공책 종이가 삭을 대로 삭았지만 그래도 글씨는 희미하게나마 알아볼 수 있었다. 그 시들을 묶어 『독방』이라는 시집도 내었다.

그중 「나의 시」라는 제목의 시는 다음과 같다.

나의 시는 쓰는 것이 아니라
중얼거린다
종이와 잉크가 없어서
눈물에 피를 섞어서

심벽心璧에 외워 담는다

'만남의 집' 비전향 장기수들이 1년 정도 지나 북송을 앞두고 있을 때 그동안 십시일반으로 도왔던 몇 사람과 함께 방문하여, 가져간 음식들로 저녁상을 정성스레 차려주었다.

북송을 앞두고 있어서 그런지 그들은 상기되어 있었고 말투도 이전과 달리 자못 힘이 들어가 있었다.

내가 백발노인에게 북한으로 돌아가면 어떤 심정이겠느냐고 묻자, 그는 질문에는 대답도 하지 않고 엄중한 어조로 나를 나무랐다.

"북한이라 하지 마! 조선민주주의인민공화국이야!"

나는 얼른 화제를 돌려 마지막 여자 빨치산 정순덕의 행방을 물었다. 정순덕도 이번에 북송되는지 알고 싶었다.

"정순덕 동지? 그 동지가 오래전부터 여기 살림을 맡고 있었는데 한 달간은 우리 밥도 해주었지. 그러다가 그만 중풍으로 쓰러져 인천 나사렛병원에 입원해 있어. 원래 국방군 총에 맞아 오른쪽 다리가 다 날라갔잖아. 그런데 말이야, 중풍 마비가 오른쪽으로 왔으면 원래 없던 다리라 괜찮을 수 있는데 그만 왼쪽 다리로 오는 바람에 두 다리 없는 꼴이 되고 말았어."

"정순덕 씨는 병원에서 회복이 되면 북송될까요?"

"정순덕 동지는 무기징역을 받고 22년간 복역하다가 결국 전향서를 쓰는 바람에 북송 명단에서 빠졌어. 강제로 썼다고도 하지만 우리 봐, 아무리 강제해도 전향서 안 썼잖아."

백발노인과 북송을 앞둔 비전향 장기수들은 자부심으로 충만해 있었다.

26

비전향 장기수들이 수십 년 복역하면서도 전향서를 쓰지 않은 이유는 신념뿐 아니라 북에 있는 가족들의 안위 때문이기도 했다.

전향서를 쓰고 지문 날인하는 순간, 북의 가족들은 위기에 처하게 될 게 뻔했다. 비전향 장기수들은 신념의 투사이기도 하고 한 가정의 아버지, 아들이기도 했다.

2000년 9월 2일 비전향 장기수들을 비롯한 63명이 1차로 집단 북송되어 북의 가족을 만났다. 북송 신청을 하지 않았거나 강제든 자원이든 정순덕처럼 전향서를 쓴 자들은 북송에서 제외되었다.

마침내 '만남의 집' 후원자 몇 명과 함께 인천 나사렛한방병원에 입원해 있는 정순덕을 찾아갔다.

6인실 병상에 누워 있다가 방문객을 맞기 위해 상체를 일으킨 정순덕은 여전히 여전사다운 면모를 풍기고 있었다. 몇 마디 대화 후에 정순덕이 대찬 목소리로 외치다시피 말했다.

"국가보안법은 철폐해야 돼! 그거 아무짝에도 쓸모없어!"

나는 마비된 채 남아 있는 그녀의 왼쪽 다리를 이불 위에서 두 손으로 주물러주면서 오른편 다리 쪽을 훔쳐보았다. 그곳은 푹 꺼진 채 텅 비어 있었다.

남아 있는 한쪽 다리마저 마비된 모습은 바로 큰아버지와 아버지와 나, 그리고 우리 민족의 반쪽마저 마비된 흉상兇狀 그 자체였다. 큰아버지도 어쩌면 정순덕과 함께 비밀 아지트를 넘나들었을지도 몰랐다.

"이제 그만 주물러도 돼. 고맙구먼. 이렇게 찾아와주니. 어찌해서든지 선생도 건강해야 돼."

부드럽게 웃으며 말하는 정순덕에게 나는 큰아버지 이름을 말해볼까 하다가 그만두었다.

잠시 후 간병인이 다가와 정순덕의 소변을 받아내었다.

1949년 지리산에 빨치산이 돌아다니기 시작할 무렵, 마을에 소개령이 내려지자 정순덕은 산청군 삼장면 내원리 안내원 마을에서 대하리 황점부락으로 옮겨갔다. 거기서 다음 해인 1950년 5월 초 17세 나이에 한 살 많은 남편과 결혼했고 다음 달 전쟁이 터졌다.

남편은 인민군 치하에서 노동당 산청군 시천면당 당원이 되어 인민위원회에서 근무했다. 정순덕은 마을 부녀자들과 함께 '여성동맹'에 가입했다.

9·28 수복 때 북한군이 후퇴하자 남편은 군경의 보복이 두려워 인민군 패잔병을 따라 지리산으로 들어갔다.

다시 치안을 맡게 된 경찰은 집으로 쳐들어와 정순덕에게 남편을 내놓으라며 두들겨 패기도 하고, 수시로 경찰서로 끌고 가 고문했다.

11월 어느 날 정순덕의 시할머니가 경찰에 끌려간 후 소식이 두절되었다. 경찰은 정순덕을 또 두들겨 패다가 남편을 유도하기 위해 마을 근처 비석에 묶어두었다. 정순덕은 밤새도록 손목 가죽이 벗겨지기까지 애를 써서 겨우 밧줄을 풀어내었다. 하지만 도저히 마을로 돌아갈 수 없어 남편을 찾아 입산했다.

지리산 산줄기를 타고 올라가다가 빨치산을 만났고, 얼마후 연락을 받고 달려온 남편과 두 달 만에 재회했다.

7,000여 명의 빨치산들이 섬멸되거나 체포되고 마지막으로

이홍희와 정순덕 두 사람만 남아 1963년 11월까지 피해 다니며 연명했다. 결국 이홍희는 사살되고 정순덕은 총상을 당한 채 빨치산 생활 13년 만에 체포되었다.

이들은 살아남기 위해 구들장 밑에 아지트를 만들기도 했다. 부엌 솥을 들어내고 아지트로 내려간 후 다시 솥을 걸고 물을 끓여 아지트를 감쪽같이 숨겼다.

정순덕은 경남 산청군 출신이라 북한에 연고가 없었지만 동지들을 따라 인간 대접을 받을 수 있는 나라로 가고 싶었을 뿐이었다. 그러나 전향서 하나 때문에 정순덕은 뿌리도 내릴 수 없는 이 땅에 내팽개쳐졌다.

비전향 장기수 동지들마저 떠나버린 이 땅은 더욱 삭막하기만 했다. 이제 중풍까지 들어 폐인이 되다시피 했지만 그 정정한 기백은 아직 꺾이지 않았다.

아버지 역시 남한 사람들이 제일 싫어하는 용공분자로 몰려 직장을 잃고 빨치산처럼 살았다.

빨치산들은 산을 오래 타다 보니 평지를 걸을 때 오히려 땅바닥이 출렁이는 듯하여 비틀거리게 된다.

아버지도 곧잘 술에 취해 평지를 비틀거리며 걸었다.

27

아버지는 용공분자 혐의로 학교에서 쫓겨나고 감옥까지 갔다 오고 나서 요시찰인물로 중앙정보요원의 감시와 미행을 늘 받았다. 아마도 감옥에 가기 전 교원노조 위원장으로 활동할 때도 중정이 아닌 다른 사찰기관의 정보원이 따라붙었을 것이다.

박정희는 5·16 쿠데타에 성공한 후 한 달도 되지 않아 중앙정보부를 창설했다. 마치 중앙정보부를 설치하기 위해 쿠데타를 일으킨 것처럼.

나를 늘 감시하고 미행하는 정체불명의 존재, 아무리 떼어내려고 해도 떼어낼 수 없는 거머리 같은 존재를 느낄 때 그 심정이 어떠할 것인가.

로마시대 살인한 자는 자기가 죽인 시신에 묶이는 합시형合屍刑을 받기도 했다. 아버지는 합시형을 받고 있는 것처럼 떨쳐낼 수 없는 존재와 늘 묶여 있었다. 좁은 감옥에서 넓은 감옥으로 옮겨졌을 뿐이었다. 아버지는 자기에게 붙은 존재를 의식하지 않으려고 더욱 술기운을 빌렸을 터였다.

아버지가 만취해 동네 입구로 들어서면 멀리서부터 익숙한 고함소리가 들려왔다. 아버지의 귀가 신호를 재빨리 포착한 나는 어머니의 재촉을 받으며 곧장 대문을 박차고 달려나갔다.

고함소리는 들리는데 아무리 기다려도 아버지가 집에 도착하지 않는 경우가 많았다. 그럴 때 나가보면 아버지는 몸을 가누지 못해 땅바닥에 주저앉아 있거나 아예 드러누워 있기도 했다. 몸은 가누지 못해도 목소리는 화통을 삶아 먹은 듯 여전히 우렁찼다.

아버지는 술 취한 중에도 동네 입구부터 누가 어느 집에 살고 있는지 잊지 않고 있었다. 한 집 한 집에다 대고 삿대질까지 하며 잔소리를 늘어놓았다.

"너, 국제신문 다니지? 기사 똑바로 쓰란 말이야! 개발새발 걸레같이 쓰지 말고."

"양조장 제대로 하라구! 다른 거 타지 말고. 술맛이 왜 그래? 이 도둑놈들!"

"통장이면 다야? 통장이 뭐 대단한 벼슬인 줄 알어? 응? 건방진 놈!"

나는 달려가서 가누지 못하는 아버지 몸을 부축할 뿐 아니라 무엇보다 아버지 입에서 나오는 욕설을 막아야만 했다. 밤이 깊을수록 아버지의 고함소리가 동네 주민들의 잠을 깨우고 안면방해를 하기 때문에 아버지를 최대한 빨리 집으로 끌고 와야 했다.

또 밤늦어 아버지 고함소리가 멀리서 들려왔다. 내가 달려나가보니 이번에는 누가 아버지를 업다시피 부축하고 있었다. 어두운 골목이라 그의 용모는 잘 보이지 않았다. 그 사람이 부축해주지 않으면 금방이라도 아버지 몸이 무너져 내릴 게 뻔했다.

아버지는 늘 그러듯이 동네 한 집 한 집을 향해 잔소리를 늘어놓다가 자기를 부축하고 있는 사람에게도 말을 걸었다.

"너, 누구야? 나를 늘 따라오는 놈이야? 니가 왜 나를."

그 사람은 아무 대답도 하지 않고 아버지를 부축하여 이끄는 데만 몰두했다. 내가 다가가 그에게 인사하며 아버지를 인계받았다.

"감사합니더. 아부지를."

"혼자 모시고 갈 수 있겠어?"

아버지를 높이는 걸 보아 그 사람은 아버지보다 나이가 적은 것 같았다.

"집이 바로 여기라 괜안십니더."

그는 등을 돌려 가려다가 한마디 했다.

"남포동에 쓰러져 있길래. 택시로 모시고 왔어."

그 순간, 나는 아버지가 의심한 대로 그 사람이 아버지를 미행하는 정보원임에 틀림없다는 느낌이 들었다.

나는 아버지를 부축한 채, 가로등 불빛이 비치는 큰길로 내려서는 그의 뒷모습을 잠시 훔쳐보았다. 아버지보다 키가 훨씬 크고 단단해 보이는 체격이었지만 그의 어깨는 어쩐지 쓸쓸해 보였다.

내가 속으로 중얼거렸다.

"아저씨도 힘들제?"

28

교원노조는 교원들의 자괴감과 죄책감에서 출발했다.

1960년 3·15 부정선거 때 교원들은 처참할 정도로 정권의 하수인으로 이용당했다.

1959년 3월부터 내무부 장관 최인규의 주도로 다음 해 정부통령 선거에서 이승만과 이기붕을 당선시키기 위한 '공무원 친목회'가 전국 시 읍 면 동에 조직되었다. '공무원 친목회'는 매주 1회씩 모여 득표 조작을 위해 작전을 짜고 진행 사항을 점검했다.

최인규는 5월부터 11월까지 서울 대구 광주 부산 등 전국 도시를 순회하면서 공무원들을 독려했다.

"어떤 비합법적인 비상수단을 사용해서라도 이승만 박사와 이기붕 선생이 꼭 당선되도록 하라. 세계 역사상 대통령 선거에 소송이 제기된 일이 있느냐? 법은 나중이니 우선 당선시켜 놓고 보아야 한다. 콩밥을 먹어도 내가 먹고 징역을 가도 내가 간다. 국가대업 수행을 위해 지시하는 것이니 시키는 대로만 하라."

일선 교원들도 대한교련^{대한교육연합회}의 강요로 '공무원 친목회'에 동원되었다.

대통령 선거 양상은, 야당 후보 조병옥이 신병으로 입원했던 미국 병원에서 선거를 한 달 앞두고 갑자기 별세하는 바람에 돌변했다. 이승만 당선이 확실하므로 대통령 선거에는 부정선거 전략을 써먹을 필요가 없었다. 오직 부통령 선거에만 몰두하여 그동안 짜온 부정선거 전략을 써먹고자 했다.

야당 후보 장면이 대중 연설을 하는 날이 일요일과 겹치면 휴일인데도 교원과 학생들을 학교로 나오도록 했다.

급기야 경북고, 경북여고, 경북사대부고 등 대구 지역 학생 수천 명이 '일요일 등교 지시 거부 투쟁'에 들어가고 교원들은 교문을 나서려는 학생들을 막느라 허둥대었다. '대구 2·28 학생 시위'라 불리는 이런 학생들의 궐기가 교원들의 양심에 금이 가게 했다.

투표함 교체, 5인조 투표, 야당 참관인 매수, 죽은 자 선거인 명부 올리기 등등 부정선거 양태 중에 '피아노표'라는 해괴한

146

방식도 있었다. 개표원이 야당 후보 장면을 뽑은 표를 보면 실수한 것처럼 그 표를 책상 아래로 떨어뜨려놓고 줍는 척하면서 인주가 잔뜩 묻은 손가락들을 피아노 치듯 재빨리 놀려 무효표로 만드는 방식이었다.

부통령 선거 결과 얼마나 부정선거를 저질렀는지 어떤 지역은 이기붕 득표율이 115퍼센트나 되어 70퍼센트로 줄이라는 지시가 급히 내려오기도 했다.

선거 당일 바로 부정선거에 대한 항의 시위가 마산에서 일어나고 급기야 부산 서울 등 전국으로 번져 4·19 혁명이 터지자 부정선거에 동원되었던 교원들은 자신들이 부끄러워 견딜 수 없었다.

이런 자괴감과 죄책감이 교원노조 결성의 도화선이 되었다. 어용단체 대한교련 해산, 대한교련 방학책 강매 거부, 사학재단 비리 척결, 학부모와 교사가 결탁된 사친회 회비와 각종 잡부금 폐지, 법정 수당 요구, 참교육 지향, 교권 향상 등을 중심으로 하는 강령을 채택했다.

교원노조는 대구를 시작으로 요원의 불길처럼 번져 짧은 시일 내에 전국 82개 단위조합이 결성되었다. 그중 경남과 경북에 61개 단위조합이 몰려 있었다.

전국 교원노조 조합원은 총 교원 대비 23.8퍼센트로 1만 9,883명이나 되었다. 경남지구가 8,145명으로 가장 많았고, 그 다음은 경북지구로 8,042명이었다. 서울지구는 979명밖에 되지 않았다. 부산과 대구를 중심한 경남북 지역 교원노조가 가장 활발히 활동했다.

그 한가운데 부산 초등교원노조 위원장 아버지가 있었다.

1960년 6월 29일 오후 6시 부산역 광장에는 비가 쏟아지고 있었다. 거센 비를 무릅쓰고 1,000여 명의 부산 경남 교원노조 교원들이 모여들었다.

맨 먼저 아버지가 연사로 강단에 올랐다.

"교원노조 해체를 주장한 이병도 문교부 장관의 성명은 독재정권과 일제강점기에도 볼 수 없었던 지각없는 파쇼입니다. 이 나라 교육사를 위하여 문교부 장관 규탄에 교사들은 단결하여 참여해야 합니다!"

아버지의 사자후는 빗소리를 뚫고 역 광장에 울려퍼졌다. 1,000여 명 동지들의 함성이 화답해주었다.

곧이어 부산 문화인 대표 이시우도 목소리를 높였다.

"국민이 무식한 위정자를 가지고 있다는 건 무엇보다도 불행한 일입니다. 무식한 문교부 장관 밑에 있는 교사들 역시 불행하기 짝이 없습니다. 역사가이며 대학교 부총장까지 지냈다는 이병도 장관의 처사는 문화인과 국민의 불행입니다. 마땅히 규탄해야 합니다!"

이시우는 '불행'이라는 말을 몇 번이고 반복했다. 교원노조 합법화 쟁취를 위한 성토대회는 '불행'에 대한 저항인 셈이었다.

허정과 장면 정부는 교원노조를 인정해줄 것처럼 하다가 결국은 불허하는 방향으로 틀어버렸다. 9월에는 국회에서도 교원노조를 원천적으로 불법화하기 위해 '노동조합법 개정법률안'을 제출했다.

노동조합법 제6조 노동조합 가입제한 조항은 원래 '현역군인, 군속, 경찰관리와 소방관리는 노동조합을 조직하거나 이에 가입할 수 없다'로 되어 있었다. 이 조항에 '교육공무원'을 첨가하여 교원노조 결성을 아예 차단하려 한 것이었다.

전국적으로 '노동조합법 개정법률안'에 대한 반대 운동이 거세게 일어났다. 극한으로 치달아 교원노조 교원들은 단식투쟁에 돌입했고 학생들도 단식에 동참하기에 이르렀다.

단식투쟁에 참가한 조합원은 경북지구만 해도 6,270명에 달했고 졸도자 1,161명, 기력 탈진자 426명, 입원 환자 33명이 생겼다.

3일간 단식투쟁 중에도 교사들은 학교 수업을 감당했으므로 희생자들이 많았다. 경북지구 이증석 교사는 단식투쟁 중에 사망했다.

워낙 극렬한 반대에 부딪히자 결국 국회에서도 '노동조합법 개정법률안'을 철회했다.

어머니와 내가 아버지가 단식하고 있는 대신동 토성국민학교로 떡과 삶은 계란, 칠성사이다를 들고 찾아간 것도 이 무렵이었을 것이다.

교원노조 결성과 합법화 투쟁은 다른 직종 노동조합 운동의 시금석이 되고 원동력이 되었다.

29

5·16 쿠데타 직후 아버지가 학교 수업 중에 검은 점퍼의 사나이들에게 끌려갔을 때 전국에서 동시에 끌려간 교원 수가 1,500여 명에 달했다. 일제히 실시된 용공분자 검거에서 교원 수가 75퍼센트나 차지했다.

그중 교원 54명이 서울 서대문형무소로 이송되었다. 아버지도 그 54명에 포함되어 있었다.

용공분자로 조작하는 과정에서 무수한 고문이 자행되었고, 고문 후유증으로 자살하거나 평생 치명적인 병을 앓게 된 교원들이 속출했다. 아버지는 끝내 한마디 말을 하지 않았지만 수사 단계에서 고문을 받았음이 거의 확실했다.

군사법정인 혁명재판부는 경북지구 위원장 김문심 무기징역, 총연합회 수석 부위원장 강기철 15년, 경북지구 부위원장 이목 10년, 총연합회 선전부장 신동영 10년, 경남지구 위원장 이종석 7년, 대구 초등교원노조 위원장 신우영 5년 등 간부급 교원들에게 중형을 선고했다. 군사재판이라 모든 재판은 단심으로 끝났다.

특히 경북지구 위원장 김문심이 사형 구형을 받고 무기징역 선고를 받은 것은, 2대 악법이라 불린 '반공임시특별법'과 '집회 및 시위운동에 관한 법률' 폐지 운동에 가장 앞장섰기 때문이었다.

비록 쿠데타 전이긴 하지만 '반공'에 시비를 걸다니. 반공을 국시의 제일의로 삼은 혁명정부는 그를 제거대상 제일위로 삼았다.

대구농고 교사였던 김문심은 와세다대학 정경학부 출신으로 그 당시 드문 유학파 엘리트였다. 전국 교원노조 강령도 일본 교원노조 강령을 참조하여 한국 현실에 맞게 초안을 잡았다.

그가 기소된 후 두 아들이 다니는 경북고 교문에 군민회 이름으로 플래카드가 걸렸다.

'국제공산주의자 김문심을 극형에 처하라!'

두 아들은 늘 고개를 푹 숙인 채 교문을 드나들어야만 했다.

김문심은 감형을 받아 10년 징역을 살고 1970년 2월 25일

출소했다. 교원노조 운동을 하다가 변절하여 군사정권에 빌붙은 이전 동지들과는 일절 연락을 끊고 스스로를 유배한 채 프랑스 문학사를 번역하는 데 여생을 바쳤다.

아버지가 사법고시에 합격하여 검사나 판사라도 되었으면 아버지도 김문심과 연락이 두절되었을 터였다. 아버지는 사법고시에 합격할 리가 없었지만 만약 합격했어도 인권변호사로 동지들을 돕지 않았겠는가.

아버지를 비롯한 부산 교원노조 동지들이 '죽순회'를 만들어 두 달에 한 번 정도 모였다. 징역을 살던 동지들도 출감한 후 죽순회에 참여했다. 나는 '죽순회'가 죽 쑨 사람들이 모이는 단체 이름 같아 꺼려지기도 했다.

아버지는 죽순회 동지들이 집에 종종 놀러오면 나를 소개하며 인사를 올리라 했다. 경남지구 위원장 이종석, 부산지구 위원장 김종원 등 전설적인 이름들을 그때 들어 알았다.

나중에 안 사실이지만 아버지뿐 아니라 죽순회 동지들도 나의 학교 이력과 성적, 행보에 대해 관심을 많이 기울인 모양이었다. 그들에게 고등학교 전교 1등 소식과 법대 합격 소식들이 상당히 고무적이었을 것이다.

내가 자전적 소설들 속에 술에 취해 비틀거리는 아버지를 종종 등장시키자 하루는 아버지 동지라는 분이 나에게 전화를 걸어 항의했다. 목소리에 술기운이 묻어 있었다.

"성기야, 나 기억해? 아버지 동지다. 너거 아버지 얼마나 훌륭한 분인데 니 소설에서는 왜 그리 술주정뱅이로만 나오니, 웅? 제발 그러지 말거라이. 참 훌륭한 분이셨다. 흐윽."

아버지 동지는 흐느끼고 있었다. 그 흐느낌이 전화를 타고 흘러옴을 느끼며 내가 큰 잘못을 저지른 것 같은 자괴감에 빠졌다.

30

군대를 제대하고 집도 절도 없이 선교단체 인턴 스태프로 선교회관에서 숙식하고 있을 즈음, 아버지는 친구 한 사람과 함께 서울에 볼일이 있어 올라온 김에 나를 만나러 왔다.

나는 내키지 않는 마음으로 아버지가 기다리고 있는 근처 다방으로 향했다.

아버지는 가정 형편을 내세워가며 또 얼마나 나의 진로를 바꾸도록 설득할 것인가.

그 무렵 아버지는 중년의 패기만만하던 모습은 옅어지고 여러 가지 걱정들로 얼룩진 얼굴을 하고 있었다. 얼마 전에는 여동생을 시집보내야 하는데 돈이 없네, 하며 힘없이 중얼거리는 아버지 모습을 본 적도 있었다.

다방으로 들어서자 아버지는 친구와 나란히 앉아 내가 오기를 기다리고 있었다. 나는 두 사람 맞은편 의자에 앉았다.

아버지는 자기 친구를 나에게 소개했다. 처음 보는 분이었지만 그분은 나를 어릴 적부터 봐왔다고 했다. 어쩌면 죽순회 동지인지도 몰랐다.

느닷없이 아버지 친구가 나에게 물었다.

"자네 언제 귀국했나?"

"네?"

나는 어안이벙벙하여 아버지를 바라보았다. 그러자 아버지는 나를 향해 한쪽 눈을 껌벅거렸다.

"자네가 독일 유학 갔다는 소식은 아버지를 통해 듣고 있었네. 그래 외국 나가 고생이 많았제? 학위는 따왔나?"

나는 기가 찰 노릇이었다.

아버지는 친구에게 내가 종교에 빠져 있다는 말은 차마 하지 못하고 외국 유학 운운한 모양이었다. 나는 아버지가 친구에게 한 거짓말을 어떻게 처리해야 하나 잠시 생각을 가다듬었다.

그때였다. 난데없이 내 눈에서 눈물이 핑 도는 것을 느꼈다.

'아, 아버지.'

아버지는 눈을 지그시 감고 뭔가 자포자기한 듯한 표정을 짓고 있었다. 자신의 거짓말이 탄로날 순간을 맞이할 각오를 하는 것도 같았다.

그러나 내 입에서는 "예, 고생 좀 했지예. 워낙 공부가 어려워서 학위는 못 따고 그저 견학만 하고 온 셈입니더" 하는 말이 술술 흘러나왔다.

눈을 감고 있던 아버지가 번쩍 눈을 뜨며 나를 향해 빙긋이 웃었다.

"글쎄, 미국 쪽보다 독일 쪽이 학위 따기가 더 어렵다는구먼. 그럴 줄 알았으면 미국 쪽으로 보내는 건데."

아버지는 한술 더 뜨고 있었다.

그날 아버지는 나에게 이전처럼 진로 문제를 놓고 왈가왈부하지 않았다. 나는 비록 학위는 못 땄지만 외국 유학까지 다녀온 자랑스런 아들이었고, 아버지는 아들을 외국 유학까지 보낸 자랑스런 아버지였다.

하지만 다방을 나와 헤어질 때 친구 몰래 나를 돌아보는 아버지의 눈길은 쓸쓸하기 그지없었다. 멀어져가는 아버지의 구부정한 등을 바라보다 말고 나는 근처 플라타너스 가로수 둥치에 머리를 기대었다.

그 무렵 아버지는 신용협동조합, 신협 운동에 참여한 모양이었다. 신협 운동은 산업혁명으로 인한 사회 문제가 자본주의 모순에서 비롯되었다고 진단한 학자들에 의해 영국, 프랑스, 독일을 중심으로 시작되었다.

특히 독일은 봉건지주가 지배권력자와 야합하는 바람에 도시의 영세 생산자들과 농촌의 소작농들은 상업자본가의 고리채로 수탈당하기만 했다. 이에 대응하여 고리채 문제를 자율적으로 해결하기 위해 일어난 운동이 신협 운동이었다.

한국에서는 1960년 5월 메리놀병원 메리 가브리엘라 수녀가 가톨릭 계통의 몇몇 병원과 기관의 임직원들을 중심으로 성가신용협동조합을 창설함으로써 시작되었다.

아버지는 신협을 교원노조 지부를 조직하듯이 전국 각 곳에 개설하기 위해 소설가 이병주를 자주 만나 의논했다.

『국제신보』 주필이었던 이병주는 5·16 쿠데타 직후에 '교원노조 고문'이라는 누명을 쓰고 체포당했다. 하지만 아무 증거도 찾지 못한 수사 당국은 이번에는 필화 사건으로 몰고 갔다.

이병주는 1960년 12월호 『새벽』 잡지에 실은 '조국의 부재'와 1961년 1월 1일 『국제신보』 연두사로 실은 '통일에 민족

역량을 총집결하자' 두 칼럼으로 기소당했다.

'조국의 부재'에서 이병주는 일갈했다.

"자고로 우리나라는 지배자만 바뀌었을 뿐 지배계급은 바뀐 적이 없다. 지배계급은 38선을 이용하여 정권을 유지한다. 민주주의의 성장 없이 공산주의를 막을 방법이 없건만 보수정당은 자기들만 나라를 지킬 수 있다고 야단이다. 보수할 아무 것도 없으면서 보수하려는 세력만 있는 것이 오늘날 이 나라 보수주의 정당의 상황이다. 그렇기에 옳은 보수정당을 세우려면 혁신 세력이 주장하는 정강 정책을 선취적으로 파악하고 실천하는 길밖에 없다."

'통일에 민족 역량을 총집결하자'에서는 통일 비전의 중요성을 강조했다.

"국토의 양단을 이대로 두고 우리는 희망을 설계하지 못한다. 민족의 분열을 이대로 두고 어떠한 포부도 꽃피울 수 없다."

특별히 문제될 게 없는 글인데도 혁명재판부는 남로당 재건운동과 사회당 준비위원이요『국제신보』논설위원인 변노섭과 엮어 이병주에게 징역 10년을 선고했다.

박정희의 특사로 2년 7개월 만에 출소하게 된 이병주는 전업 소설가로 변신했다.

아버지는 『동아일보』 신춘문예 소설 당선자인 나를 이병주에게 데려가서 자랑도 하고 선배 작가의 조언도 듣게 하고 싶었던 모양이다.

아버지와 함께 이병주 집에 들러 서재로 들어섰을 때 우선 그의 우람한 덩치와 함께 서가를 가득 메운 책들에 압도당했다. 그는 신문 연재소설 원고를 쓰고 있는 중이라고 했다.

이병주는 동료 아들의 등단을 반가워하며, 글이 나올 때 열심히 써보라고 격려해주면서도 아들 고시공부에 미련을 가진 아버지의 눈치를 살피는 듯했다. 나는 그 당시는 이병주의 작품을 제대로 읽지 않았기 때문에 할 말이 별로 없었다.

아버지와 이병주의 대화가 주로 이어졌다.

"어떻게 그렇게 글들을 왕성하게 쓰십니까?"

아버지의 질문에 이병주는 씩 웃으며 서가의 책들을 가리켰다. 불어 원서들도 제법 꽂혀 있는 서가의 수많은 책이 영감의 원천이라는 뜻인 것 같았다.

"아주 급할 때는 파리 샹젤리제 거리를 을지로로 바꾸기도 하지. 허허허."

작가로서 위험할 수도 있는 발언을 아무렇지도 않게 하며 너털웃음을 웃었다. 그만큼 나름 자신감을 가진 대가라는 느낌이 강하게 들었다. 그의 발언도 표절한다는 의미가 아니라 외국 소설에서 아이디어를 얻기도 한다는 의미로 받아들였다.

이병주의 집을 나오면서 문학에 대한 열정이 새로워졌다기보다 이병주와 함께 도모하는 신협 일이 잘되어 아버지가 여동생 시집보낼 돈도 마련할 수 있기를 바랐다.

31

아버지는 신협 일이 잘못되었는지, 신협을 개설하려다가 사기를 당하거나 배신당하여 덤터기를 쓰게 되었는지, 아무튼 금전 문제가 발생하여 사람들이 몰려올지도 모른다면서 피신했다. 집을 멀리 떠나 피신한 것이 아니라 집 지하창고에 임시거처를 만들고 거기 숨어 살았다.

사람들이 와서 찾아도 아버지가 어디에 있는지 모른다고 잡아떼라고 식구들에게 당부했다.

식사 시간이 되면 어머니가 주변을 살피며 밥과 반찬을 들고 지하창고로 내려갔다. 마치 차범석의 장막희곡 「산불」의 한 장면 같았다.

나중에는 경찰까지 찾아올지도 모른다고 했다. 어쩌면 아버지가 사기당한 게 아니라 다른 사람의 자금을 끌어다 쓰려다가 원치 않게 날리고 사기죄로 고소당했는지도 몰랐다.

아버지가 비록 해방 8개월 전에 일본 동경 보선상업학교를 졸업했다 하더라도 평소에 숫자에 밝지 않았던 터라 자금이 오고가는 신협 사업을 제대로 감당하지 못했을 가능성이 컸다. 집안의 어려운 경제 문제를 해결하려고 무리한 일에 도전했다가 도리어 낭패를 당하고 만 셈이었다.

서대문형무소로 이송될 때도 의젓한 자세를 잃지 않았던 아버지가 이번에는 자칫 인생이 끝장날 것처럼 초조해했다. 자세한 내막은 말해주지 않아 잘 알 수 없었지만 심각한 일이 생긴 것만은 틀림없었다.

몇 달 전만 해도 내가 선교단체에 빠져 사리분별을 못 하고 있다면서 바깥출입을 막기 위해 대문을 쇠사슬로 묶어두기도 했던 아버지였다. 나를 집이라는 감옥에 가두려고 한 것이었으나, 나는 마당에서부터 워밍업을 하여 몸을 날려 의적 일지매처럼 대문을 훌쩍 뛰어넘었다.

나를 가두려고 했던 아버지가 이번에는 스스로 자기를 가두는 감옥을 지하창고에 마련했다. 자주 마시던 술도 절제하는 것 같았다.

집안의 가장이 그렇게 숨어 있으니 집안 분위기가 무겁기 그지없었다. 식구들도 뭔가 아버지와 공범이 된 것만 같은 느낌이 들었다.

어머니는 남편의 운명이 어떻게 될지 불안한 나머지 무당 점집을 찾아갔다. 어머니는 아버지 문제만 무당에게 물은 것이 아니라 예수에 미친 내 문제도 내어놓았다. 무당은 아버지 일이 잘 풀릴 수 있는 부적과 나에게서 예수 귀신을 쫓아낼 수 있는 부적, 그렇게 부적 두 장을 어머니에게 써주었다.

어머니는 예수 귀신을 쫓아내는 부적을 내 방에 붙였다. 내 눈에 띄지 않기 위해 내 방 벽지와 똑같은 벽지를 구하여, 부적을 붙인 후 그 위에 벽지를 감쪽같이 발랐다.

그 무렵 부적이 효력을 발휘했는지 내 방에만 들어오면 맥이 풀려 쓰러지기 일쑤였다. 길을 걸을 때도 비틀거리며 걸었다. 아버지 일로 내 마음이 무거워 탈진했나 싶었다.

밤중에 귀가할 때 내 방으로 들어가기가 싫어 근처 공원을 배회하기도 했다. 공원에서 밤하늘을 올려다보니 사냥꾼 오리온 별자리가 웅장하게 펼쳐져 있었다.

사냥꾼 허리에 세 개의 별이 유난히 빛을 발하며 혁대인 양 모여 있었다. 그 세 개의 별이 하늘의 복을 보장해주는 부적처럼 여겨져 마음이 어려울 적마다 자주 올려다보곤 했다.

그날 밤도 내 축복의 부적을 한참 올려다보고 나서 집으로 향했다.

내 방으로 들어서자 이번에도 맥이 풀려 주저앉았다. 주저 앉은 채 물끄러미 방문 왼쪽 위 벽지를 바라보고 있는데 뭔가 이상한 느낌이 들었다. 벌떡 일어나 의자를 끌어다 그 위로 올라가 주목했던 벽지를 와락 뜯어내었다.

순간, 섬뜩한 기운이 등골을 타고 내려갔다. 누런 바탕에 뻘건 상형들이 어지럽게 그려진 부적이 드러났다.

벽지를 뜯어낸 것처럼 부적도 부욱 찢듯이 뜯어내었다. 마당 한구석 장독 뒤로 부적을 가져가서 어머니 몰래 불에 태워 버렸다.

집 안의 다른 방과 아버지가 숨어 있는 지하창고 불은 이미 꺼져 있었다. 아버지는 여전히 기약 없는 미결수로 깜깜한 절망 속에 잠겨 있었다.

32

중학교 입학식을 앞두고 나는 고민에 빠졌다. 중학생이 되려면 그동안 길러온 머리를 박박 깎아야만 했다.

국민학교 2학년 때 이발소에서 졸면서 머리를 깎았는데 눈을 떠보니 머리가 깡그리 깎여 있는 게 아닌가. 이발소 아저씨가 머리를 다 깎을까 물었을 때 내가 조느라 고개를 끄덕인 모양이었다. 나는 이발소를 나와 머리를 두 손으로 감싸고 엉엉 울면서 집으로 돌아왔다.

그때 그 울음이 입학식을 앞둔 내 마음 깊숙이에서 다시금 우러나오려 했다.

결국 까까머리가 되어 마루에 앉아 있는데 과외방 여학생들이 집으로 들어오면서 내 머리를 보고는 까르르 웃음을 터뜨렸다. 이제는 여학생들의 관심을 받기는 틀렸구나 싶었다. 뒷머리가 납작한 까까머리에 누가 매력을 느끼겠는가.

나의 소녀편력은 뭉텅뭉텅 잘려나간 머리털처럼 끝장나고

만 것 같았다. 국민학교 학생에서 중학생으로 바뀌는 과정이 까까머리로 인하여 뭔가 심각한 개혁 같기도 했다.

그 무렵 혁명정부도 개혁을 도모했다.

1962년 6월 9일 토요일 밤 10시에 화폐개혁 단행을 전격적으로 발표했다. 6월 10일 자정을 기해 '긴급통화조치법'이 발효되어 구화폐는 더 이상 유통이 금지된다고 했다.

한국은행 총재도 그 전날에야 박정희로부터 화폐개혁에 대해 들었다고 하니 일반 국민이야 얼마나 충격을 받았겠는가.

신화폐는 비밀리에 영국에서 제조되어 이미 44일 전에 폭발물로 위장된 채 부산항에 도착해 있었다.

시민들은 6·25 전쟁 중인 1953년 2월에 1차 화폐개혁을 겪었는데 10년도 채 되지 않아 또 화폐개혁 조치가 내려졌으니 당황하지 않을 수 없었다. 1차 개혁 때는 100원을 1환으로 바꾸었고 이번에는 10환을 1원으로 바꾸었다.

이제 구화폐를 사용할 수 있는 시간은 2시간밖에 남아 있지 않았다. 시민들은 포목점 쌀집으로 몰려가서 가격을 깎지도 않고 있는 대로 포목과 쌀을 사들이는 등 2시간 동안 구화폐로 살 수 있는 물건들을 마구 사들였다. 야간에 귀가하는 시민들은 택시 운전사가 구화폐를 받지 않으려고 승객을 태우지 않는 바람에 길거리서 밤을 새워야 했다.

다음 날 일요일 아버지는 반가운 소식을 전해주었다.

"50환 동전이랑 10환 동전은 며칠 더 사용할 수 있다네."

아버지는 돼지 저금통을 찢어 50환 동전과 10환 동전들을 잔뜩 꺼내어 나와 동생들에게 안겨주며 심부름을 시켰다.

"성임이는 붕어빵 사오고, 성기는 막걸리 사오거라."

마지막 구화폐를 식구들 간식과 자신의 애호식을 구입하는 데 유통하려 했다.

성임은 무궁화가 새겨진 10환 동전들을 가져가고 나는 거북선이 새겨진 50환 동전들을 챙겼다.

아버지 막걸리를 사러 가면서 감옥에서 나온 지 6개월밖에 되지 않은 아버지가 감옥에서 얼마나 막걸리를 마시고 싶었을까 싶어 찌그러진 누런 양은 주전자를 힘차게 흔들며 뜀박질을 했다.

술도가에서 주전자에 막걸리를 가득 받아 오면서 슬그머니 주전자 주둥이에 입을 갖다 대고 주전자를 약간 기울였다. 막걸리가 목구멍을 타고 넘어가며 기도와 식도를 얼얼하게 했지만 은근히 달콤한 맛도 섞여 있었다.

여동생들도 아버지 막걸리 심부름을 하면서 나처럼 주전자 주둥이에 입을 대는 모양이었다. 어린 막내 여동생 성이도 주전자를 들고 오면서 오빠 언니들 흉내를 내다가 아예 비틀거리며 집으로 오기도 했다.

나도 막걸리를 조금만 마셔도 어질어질한데 어린 성이는 더욱 막걸리 기운을 이겨낼 리 없었다. 성이가 비틀거리며 주전자를 들고 와서 술 취한 아버지처럼 주정 비슷한 말들을 종알거렸다니 괴이한 일이다.

화폐개혁이 시행된 날 구화폐의 마지막 은혜로 식구들은 10환짜리 붕어빵을 먹고 그 옆에서 아버지는 멸치를 안주로 막걸리를 마셨다.

시민들은 구화폐를 신화폐로 교환하기 위해 새벽부터 은행 앞에 장사진을 이루었다. 경찰이 길게 늘어선 시민들을 통제하며 각각 들고 온 교환액 신고서를 미리 검사하기도 했다.

혁명정부는 부정부패로 축적한 막대한 지하자금을 지상으로 끌어내려 했으나 이미 금괴로 바꾸어놓아 성과는 별로 없었고, 서민들만이 화폐를 교환하느라 새벽부터 고생하고 500

원 이상은 찾지 못하도록 하는 예금봉쇄 등으로 어려움을 겪
었다.

저녁을 먹을 때 아버지가 어머니에게 말했다.

"우리도 돈을 바꿔야 하지 않나?"

어머니가 대답했다.

"쥐뿔이라도 있어야 바꾸지요."

33

아버지는 용공분자 혐의를 받고 여러 어려움을 겪은 후에는 나에게 일절 시국에 관한 이야기를 하지 않았다.

지나고 보니 연좌제로 내가 어려움을 당하지 않을까, 내가 과격한 발언을 하다가 아버지와 같은 길을 걷지 않을까 걱정했던 모양이었다.

오히려 국민학교 저학년 시절에 아버지는 역사교육 차원이었는지 나에게 시국 이야기를 종종 해주었다. 그래서 일찍이 김구도 알고 신익희도 알고 조봉암, 조병옥도 알고 있었다.

성동국민학교 1학년 때 신익희가 대통령 후보로 나온 정부통령 선거가 있었다. 나는 동네 아이들과 함께 신익희의 구호, 민주당의 표어를 어른들을 본받아 외치고 다녔다.

"못살겠다! 갈아보자!"

"못살겠다! 갈아보자!"

담벼락에도 '못살겠다 갈아보자' 벽보가 가득 붙어 있었다.

그 벽보 옆이나 바로 위에 자유당의 표어 벽보도 덕지덕지 발라져 있었다.

'갈아봤자 별수없다'

'갈아봤자 더못산다'

이승만은 6·25 전쟁 중에 서울을 지키겠다고 장담해놓고는 시민들보다 먼저 한강을 건너 피란해버렸기 때문에 전쟁이 끝나고도 민심을 좀체 얻지 못했다. 1956년 선거가 다가와도 민심이 돌아오지 않고 있다는 걸 감지한 이승만은 이번에는 출마를 하지 않겠다고 발표했다. 그러면서 외신기자들 앞에서는 극단적인 발언을 했다.

"국민이 나보고 자살하라고 하면 기꺼이 자살하겠소."

이 말은 국민이 출마하라고 하면 불출마를 번복할 수도 있다는 뜻으로도 들렸다.

전국에서 이승만 불출마 선언을 번복하라는 소위 '민의발동'이 불처럼 일었다. 물론 관제로 조작된 여론이었다.

여러 시민단체들은 말할 것도 없고 영화인, 연극배우, 가수들도 '민의발동'에 참여하고 선거권이 없는 중고등학생들도 수업시간에 학교를 나와 비를 맞으며 시위했다. 노총도 앞장

서서 이승만 출마를 강력히 건의했다.

서울 시내에서는 '우마차 조합'이 우마차 800대를 동원하여 소와 말까지 이승만 출마를 원한다면서 소위 '우의마의'牛意馬意를 내세웠다. 800대 우마차가 지나가면서 소들이 똥을 싸대는 바람에 서울 거리는 온통 누런 똥으로 덮이고 똥 냄새가 진동했다.

이승만은 '민의발동'은 과격한 시위로 하면 안 되고 글로 해야 된다고 공보실을 통해 발표하고 내무부로 하여금 시위를 자제하고 그 대신 연판장을 돌리도록 했다. 300만 명 이상이 날인한 탄원서와 손가락을 깨물어 쓴 혈서들이 제출되었다.

결국 이승만은 마지못해 민의를 받아들이는 척하며 불출마를 번복했다. 그리고 불출마 번복을 기념하듯 3월 26일 82회 생일잔치를 크게 벌였다.

이승만의 생일잔치는 내가 태어나던 1950년 3월 26일에도 요란하게 벌어졌다. 그날 76회 '탄신 경축식'이 오전 9시 중앙청 광장에서 성대히 치러졌다. 경축식이 끝난 후에는 군대 사열식이 태평로에서 펼쳐졌다. 일반 가정에는 국기들이 게양되었다.

전국 초중등학교에서는 대통령 탄생일을 축하하는 기념식수가 행해졌다. 식수 장소는 학교 근방의 산등성이였다. 국민학생과 중등학생 각각 6,250명, 그러니까 도합 1만 2,500명이 동원되어 한 사람당 열 그루씩 12만 5,000주의 나무를 심었다.

1만 2,000명의 학생들은 경축식이 시작되기도 전에 경무대에서 중앙청 연도까지 도열해 있다가 경축식이 끝난 후 밴드부의 합주에 맞춰 시가행진을 벌였다.

온 나라가 대통령의 탄신을 축하하는지, 그날 새벽에 세상으로 미끄러져 나온 나의 탄생을 축하하는지 분간이 잘되지 않았다.

이번에도 생일잔치까지 벌여 관심을 끌고 민심을 모아보려 했으나 신익희의 인기는 여전히 이승만을 압도할 정도였다. 하지만 5월 3일 30여만 명이 모인 역사적인 한강 백사장 유세를 마치고 5월 5일 호남지방 유세를 위해 이리역 방면으로 달려가는 기차 안에서 신익희는 그만 심장마비로 숨을 거두고 말았다.

전국에 통곡소리가 메아리쳤다.

'신익희는 떠나가네'

구슬픈 노래가 거리마다 울려퍼지고, 지지자들은 「비 내리는 호남선」 노래로 애도했다.

목이 메인 이별가를 불러야 옳으냐

돌아서서 피눈물을 흘려야 옳으냐

사랑이란 이런가요 비 내리는 호남선에

헤어지던 그 인사가 야속도 하더란다.

나와 동네 아이들도 그 슬픈 노래가 자주 들려 저절로 읊조리게 되었다.

아버지도 술에 취하면 「으악새 슬피 우니」를 부르고 나서 「비 내리는 호남선」을 불렀다.

"이번에는 몰아낼 수 있었제. 신익희 선생이 엄치 이길 수 있었고말고."

아버지는 몹시 원통하고 분한 듯했다.

신익희 서거 열흘 후 5월 15일에 치러진 선거에서 이승만은 진보당 후보 조봉암과 붙어 두 배가 넘은 표 차이로 당선되었다. 이승만 500여만 표, 조봉암 200여만 표였다. 그런데 별세한 신익희에게 185만여 표나 몰려 모두 무효표로 처리되었다.

개표 도중에 대구에서 해괴한 사건이 터졌다.

다른 지역과 달리 대구지역에서만 이승만이 조봉암에게 밀렸다. 이승만 3만여 표, 조봉암 10만여 표였다. 부통령 후보 이기붕도 장면에게 한참 밀렸다. 이기붕 2만여 표, 장면 14만여 표였다. 그 무렵만 해도 대구는 반이승만, 반정부 운동의 가장 강력한 근거지였다.

5월 16일 오후 20명가량의 괴한이 대구 개표소로 쳐들어와 난동을 피우며 기물을 파괴하는 바람에 사상 초유로 개표가 일부 중단되었다. 대구 시민들이 필사적으로 투표함을 지키며 부정선거 시도를 규탄했다.

서울에서도 희한한 일이 벌어졌다. 죽은 신익희가 28만여 표를 받아 20만여 표밖에 얻지 못한 이승만을 이겼다.

정부통령 당선자 발표가 있은 후에도 대구 개표는 여전히 진행되지 않다가 5월 20일에서야 비로소 재개되었다. 물론 대구 개표는 당락에 아무 영향도 미치지 못했다. 신익희의 장례도 선거 영향을 저어해서인지 5월 23일에야 국민장으로 치러졌다.

조봉암은 초대 농림부 장관까지 지내며 농지개혁에도 성과를 낸 인물로 이번 선거를 통해 이승만의 강력한 라이벌로 부상했다. 이승만이 이런 인물을 그대로 놔둘 리 없었다. 조봉암은 1958년 1월에 국가보안법 위반 간첩죄 등으로 체포되었다.

1심에서는 간첩죄를 무죄로 판결하고 징역 5년을 선고했으나 2심에서는 간첩죄를 유죄로 판결하고 사형 언도를 내렸고 3심에서 확정되었다. 각 방면에서 조봉암 구명운동을 펼쳤으나 1959년 7월 31일 끝내 사형당하고 말았다.

신익희도 가고 조봉암도 떠나갔다.

조봉암 사형 집행 기사가 실린 신문을 쥐고 있는 아버지의 두 손이 부들부들 떨렸다.

나는 어렴풋이나마 정치라는 게 사람 죽이는 짓이라는 걸 느낄 수 있었다.

그때만 해도 정치가 아버지마저 죽이리라고는 생각하지 못했다.

34

아버지는 나와 상의도 하지 않고 내 이름을 '조성기'라고 지었다.

항렬이 성性 자 돌림이어서 성 자가 들어가긴 했지만 아버지는 차마 원래 항렬 자를 넣지 못하고 '별 성星'으로 대신했다. 그 점에 대해 늘 아버지에게 감사한다.

근데 왜 하필 성기星基라는 이름을 지었을까. 한문으로 보면 '별터'라는 뜻으로 장차 스타가 될 것을 예언하는 이름이기도 한데 그냥 한글로 읽으면 성적인 연상을 불러일으키기 십상이다.

이름 중에 좌우 대칭을 이루는 글자가 들어가야 안정감이 있다는 작명학설을 따라 그런 자를 찾다 보니 '터 기基'를 가지고 왔을지도 모른다.

과학문명이 눈부시게 발달하여 컴퓨터로 글을 쓰는 시대가 되고 보니 내 이름의 선정성이 더욱 두드러지게 되었다. 한국 사람 대부분이 사용하는 '아래아 한글'은 완성형이 아니라 조합형 폰트를 도입하고 있어 내 이름을 자판으로 두드리면 그냥 '조성기'로 쳐지는 것이 아니라 반드시 '조'와 'ㅅ'이 합해져서 '좃'이라는 글자가 일단 화면에 뜨고 나서 그다음 받침 'ㅅ'이 모음 'ㅓ'에 붙는 과정을 밟게 된다.

물론 생식기를 뜻하는 순우리말은 '좆'이다. '좆'과 '좃'은 다르니 뭐 신경쓸 거 있느냐고 반문할 수도 있지만, 아무리 발음을 달리 해보려고 해도 그 두 글자는 동일한 발음이 되고 만다.

몽골어로 '친구'에 해당하는 단어가 '내좃'인데 '좃'도 아무리 세심하게 발음하려고 해도 '좆'과 마찬가지로 '좆'의 범주를 벗어날 수 없다. 개정된 맞춤법에서 '우뢰'가 '우레'로, '삭월세'가 '사글세'로 바뀐 추세를 감안하면 머지않아 '좆'은 '좃'으로 바뀔 게 분명하다.

'아래아 한글'이 내 이름의 선정성을 드러내기 훨씬 전부터 아이들은 내 이름을 '조성기'라고 부드럽게 부르지 않고 일부러 처음부터 사이시옷을 넣어 된소리로 부르곤 했다.

내 이름을 부르는 동무들은 대부분 그 사이시옷으로 나와의 친밀성을 과시했다. 이름 부르는 소리를 듣고 내가 돌아보면 그들은 내 이름을 부른 것 자체가 즐겁다는 듯이 헤벌쭉 웃고 있었다. 그러면 나도 같이 웃어주지 않으면 안 되었다.

그런데 친밀성하고는 상관없이 그 사이시옷이 터져나온 사건이 있었다.

대학교 1학년 때 대학 당국에서 교양과정부를 급조하여 여러 단과대학 신입생들을 초등학교 교실 같은 데 한꺼번에 몰아놓고 수업을 받도록 한 적이 있었다. 그 장소도 서울 시내에서 버스로 1시간 반이나 달려야 겨우 도착할 수 있는 허허벌판이었다.

만원버스에 실려 신설동, 제기동, 하계동, 중계동을 거쳐 상계동 학교에 도착하면 첫 수업을 하기도 전에 벌써 파김치가 되어버렸다. 여학생들 사이에 끼어 있던 남학생들은 이상하게도 비틀거리기까지 했다.

우리는 수업 받을 기운이 없어 근처 배밭으로 향하기 일쑤였다. 그 지역은 배 산지로 유명한 곳이라 과수원 원두막에서 베어 먹는 배 맛이 일품이었다.

내가 배 맛에 취해 있는 동안 1교시 한문 교수는 내 이름을 목 놓아 부르고 있었다.

"좃성기! 이 학생은 어떻게 된 거야? 수업 시간에 한 번도 들어오지 않았잖아!"

강의실은 교수의 사이시옷 발음 때문에 그만 웃음바다가 되고 말았다.

국민학교 때 철이 빨리 든 아이들로부터 내 이름이 놀림을 받을 무렵, 안성기라는 아역 배우가 한창 활동하고 있어 위로가 되기도 했다. 내 이름을 가지고 놀리는 아이들에게 내가 힘주어 말했다.

"안성기라고「10대의 반항」에 나오는 얼라 배우 안 있나. 그 배우 이름도 성기 아이가."

내가 어깨를 으쓱거리며 아이들을 둘러보았다. 아이들이 비죽이 웃음을 흘리며 대꾸했다.

"야, 임마. 안성기는 성기가 아니다 하는 뜻이고 니는 마 좃성기 아이가. 히히히."

왜 아이들이 내 이름을 된소리로 부르며 웃는지 그 이유를, 나중에 커서 역시 '조' 어쩌고 하는 프랑스 학자의 책을 읽고 나서 좀더 알게 되었다. 그 아이들은 금기를 위반하고 싶은 충동을 내 이름에 실어 웃음으로 날려버리고 있었던 것이었다.

어느 프랑스 학자는 눈을 크게 떠 웃음 뒤에 가려진 에로티즘의 진실을 보겠다고 했다. 그리하여 그 웃음에 조소를 보내며 결국에는 진정한 웃음을 웃겠단다.

그 학자의 말을 빌리면, 인간에게는 그 실체를 들여다보기를 두려워하는 두 가지 대상이 있다. 그것은 성性과 죽음이다.

인간은 대면하기를 두려워하는 대상들은 농담거리, 웃음거리로 삼아버리려는 경향이 있다. 아이들의 웃음이 그런 종류의 농담과 관련이 있는지는 단언하기 어렵지만, 문제는 아이들의 웃음에 응답해야 하는 나의 웃음에 있었다.

나는 국민학교 1학년 봄에 앞산 무덤가에서 굴러떨어져 얼굴을 크게 다치고 나서 웃으면 입이 심하게 비뚤어졌다.

아이들은 나의 웃음을 또 놀림거리로 삼고 웃었다. 아이들은 내 이름의 어감 때문에 웃고 거기에 반응하는 나의 웃음 때문에도 웃는 이중적인 즐거움을 맛보았다.

내 이름은 금기인 동시에 금기를 위반하고 싶은 충동, 다시 말해 위반충동을 불러일으키는 대상인 셈이었다. 금기는 위반당하기 위해 거기에 있고 위반을 즐기기 위해 금기는 지속되어야 한다고 했던가. 선악과는 따먹히기 위해, 따먹는 쾌락을 맛보도록 에덴동산 한가운데 있었다는 말이다.

내 이름이 그러하다면 그 이름을 가진 나의 존재는 더욱 그러할 것이다. 어디 나뿐이겠는가. 무릇 '성기'를 가진 모든 인간은 금기인 동시에 위반충동을 불러일으키는 대상인 셈이다. 다만 내 이름이 그런 진실을 극적으로 드러내고 있을 따름이다.

나는 어릴 적에도 '조' 어쩌고 하는 그 프랑스 학자의 통찰력을 미리 지니고 있었는지 내 이름에 대해 아버지에게 항의한 적은 한 번도 없었다. 아버지가 나에게 곤란한 이름을 지어주었을 리 없다고 생각했다. 무엇보다 내 이름이 '별터'라는 뜻을 가지고 있다는 사실에 더욱 관심을 기울이기로 했다.

아버지는 내 이름을 지어주고 아들이 '별터'에 오르는 스타가 되기를 바라고 바랐을 터이다.

35

부산에는 눈이 오는 날이 드물었다. 겨울철에 간혹 눈이 내리면 아이들은 금방 동화의 세계로 빠져들어 작은 눈 뭉치로 눈사람을 만들기도 하고 눈싸움을 벌이기도 했다.

그날 아침 눈을 떴을 때 밤새 눈이 좀 내렸는지 뒷마당 장독 뚜껑들 위에 눈이 얕게 쌓여 있었다. 장독의 갈색과 그 위를 살짝 덮은 눈의 흰색이 절묘하게 어울려 탄성을 자아내었다.

"눈이다! 눈이 왔다!"

동네 아이들도 이미 골목으로 뛰어나와 환호성을 지르고 있었다.

곧 사라질지도 모르는 눈 두께라 더욱 소중하게 여겨져 눈사람을 만드는 손길이 자못 조심스러웠다. 눈사람 하나를 겨우 만들어 인형인 양 팔베개를 해주고 잠시 방에 누워 있었다. 오후반이라 아침에는 학교에 가지 않아도 되었다.

아버지는 오전반인 바로 밑 여동생을 데리고 이미 학교로 출근하고 어머니는 둘째 여동생을 업고 마실을 나가 마침 집에는 나 혼자밖에 없었다.

모처럼 홀로 있는 적막감과 평온함을 느끼며 눈사람을 괸 오른팔과 왼팔을 양쪽으로 쭉 뻗고 대자로 누워 있는데 방의 온돌 온기로 스르르 잠이 든 모양이었다.

잠이 들면서도 오후반 수업은 의식하고 있었는지 수업 한 시간쯤 전에 눈이 떠졌다.

그런데 이게 어찌 된 일인가.

오른팔로 팔베개를 해준 눈사람이 녹아 사라지고 말았다. 전혀 예상치 못한 일이라 당황스럽고 허전하기 이를 데 없었다.

얼마 만에 만든 눈사람인데.

눈사람은 차가운 한데에 세워두어야지 방으로 가져와 팔베개를 해주거나 안아주어서는 안 되는 법이었다.

따뜻하게 가까이하는 순간 눈사람이 사라지듯이, 내가 살아오면서 따뜻하게 가까이한 여인들도 금방 증발하기 일쑤였다.

아버지가 퇴근하고 와서 그림과 일기 숙제를 점검한 후 이번에는 동시를 써보라고 새 과제를 주었다. 아버지도 오랜만에 눈이 내린 날씨를 염두에 두고 동시 숙제를 내준 것 같았다.

나는 다음 날 하루 동안 끙끙거리며 낯선 동시 장르에 도전했다. 동시는 처음 써보는 셈인데 아무래도 일기 쓰듯 하면 안 된다는 건 느끼고 있었다.

나는 아침에 밤새 내린 눈을 장독대에서 만난 반가움과 설렘을 동시에 담았다. 눈사람이 사라진 허전함까지 동시에 담으려 했으나 그런 마음은 동시와는 어울리지 않을 것 같아 눈사람을 만드는 즐거움만 동시에 담았다.

아버지는 내가 쓴 동시를 보더니 아무 말도 하지 않았다. 나는 동시를 처음 써보아서 제대로 쓰지 못한 모양이라고 생각했다. 그러면서 아버지가 그림과 일기 외에 동시까지 '매일 숙제' 항목에 넣지 않기만을 간절히 바랐다. 내 소원대로 아버지는 더 이상 동시 숙제는 내지 않았다.

그런데 며칠 후 아버지가 신문 한 장을 들고 와서 내 앞에 펼쳐 보였다. 늘 보던 일간 신문이 아니라 『소년일보』 어쩌고 하는 신문이었다. 어린이를 위해 매일 발간되는 신문이 있다는 걸 그때 처음 알았다.

아버지가 펼쳐 보인 신문 지면 중간쯤에 놀랍게도 내 이름이 박혀 있었다.

　'성동국민학교 2학년 조성기'

　「눈」이라는 제목 아래 내 이름이 적혀 있고 그다음 줄부터 내가 쓴 동시가 앙증맞게 실려 있었다.

　신문에 활자체로 실린 내 이름은 처음 보았다. 공책에 쓰는 내 이름과 출석부에 있는 내 이름과는 느낌이 사뭇 달랐다. 수많은 어린이가 읽는다는 신문에 실린 내 이름은 세상에 내가 존재하고 있음을 소리 높여 공표하고 있었다. 더 나아가 이제 동시 시인으로 인정받았다는 선언이었다.

　먼 훗날 『대학신문』이나 『동아일보』에 내 소설과 함께 내 이름이 실렸을 때 느꼈던 감정 역시 이미 국민학교 2학년 때 맛보았던 바로 그 감정과 다를 바 없었다.

　이 보람된 일을 위해 아버지는 나 몰래 내 동시를 『소년일보』에 응모했던 것이었다.

　나를 일찍이 동시 시인으로 데뷔시킨 아버지가 내가 문학에 몰두하는 걸 그리 반대했으니 자가당착일 수밖에 없었다.

36

아버지의 어머니, 할머니는 얼마 동안 고성 큰아버지 집에 있다가 다시 부산으로 올라와 우리집에 있게 되었다. 그런데 이전 할머니 모습이 아니었다. 위암 말기로 극심한 통증에 시달리며 죽음을 앞두고 있었다.

어머니가 늘 정성껏 간호했지만 간혹 할머니와 나만 집에 있을 때가 있었다. 그럴 경우 통증을 견디지 못하고 배를 끌어안고 방을 벌벌 기어다니고 있는 할머니를 어떻게 대해야 할지 몰라 그저 멍하게 바라보기만 했다.

"할무이, 할무이" 하고 불러보아도 할머니는 이전처럼 정답게 대답해주기는커녕 아예 못 들은 척 한마디 말도 하지 않았다. 아니, 한마디 말도 하지 못했다.

나는 어린 나이에 이미 인간이 당하는 고통이 어느 정도까지 심해질 수 있는지 바로 가까이서 목도했다.

아버지는 자기 어머니가 그렇게 고통스러워하는데도 어찌

할 도리가 없는지 간혹 돌아서서 길게 한숨을 내쉬기만 했다.

할머니는 다시 고성으로 내려가고 얼마 후에 할머니 별세 소식을 들었다. 아버지와 어머니는 나와 동생들을 데리고 부산에서 고성으로 가는 시외버스에 올랐다. 어머니와 동생들은 앞쪽에 앉아 있고 아버지와 나는 바로 뒷좌석에 나란히 앉아 있었다.

아버지도 아무 말이 없고 나도 아무 말이 없었다.

극심한 통증으로 짐승처럼 벌벌 기어다니던 할머니의 모습이 자꾸만 떠올라 마음이 무거웠지만, 한편 이제 할머니가 통증에서는 해방되었을 거라는 생각이 들었다.

사람이 늙어서 병에 걸리고 고통에 시달리다가 죽는 일이 할머니를 통해 나에게 생생히 전해졌다. 할머니가 당한 일을 아버지와 어머니도 당하게 되고 언젠가는 나도 당하게 되리라는 예감이 들었다. 동생들도 당하게 되리라는 생각은 하지 않으려 했다.

김해로 들어서자 드문드문 산들이 차창을 스치고 지나갔다. 그 산들은 크고 오래된 무덤처럼 기이한 정적에 감싸여 있었다.

그때 문득 동시 한 구절이 마음 깊숙이에서 떠올라왔다. 이번에는 아버지 숙제로 동시를 짓는 것이 아니라 저절로 우러나온 것이었다.

할머니 무덤 앞에

할미꽃 피었네

어디 국어책에서 읽은 것 같기도 한데 다시 생각하니 꼭 그런 것 같지도 않았다. 나는 계속 동시를 이어보려고 했다. 아무도 얼씬거리지 않는 호젓한 산속 무덤 앞에 머리를 숙이고 서 있는 할미꽃, 그 영상을 마음속으로 들여다보면서 또 떠오르는 구절은 없나 하고 기다렸다. 좀체 떠오르는 구절이 없었다. 그러다가 '할미꽃 위에 할미새 날아와 앉는다'는 묘한 구절이 떠올랐다.

나는 할미새라는 새 종류가 있는지도 알지 못했다. 다만 할머니의 넋이 새가 되었을 거라는 추측만을 해볼 수 있을 뿐이었다.

마산을 지나고 고성에 도착하여 군청, 소방서, 경찰서, 공회당, 변전소를 거쳐 정미소를 끼고 골목길로 꺾어 들어가자 저 안쪽에 백열등들이 훤하게 켜진 큰아버지 집이 나타났다. 대문에는 '喪' 자가 적힌 검은 천이 걸려 있고 마당에는 누런 광목 천막들이 쳐져 있었다.

우리 식구들이 대문으로 들어서자 애곡소리가 한층 높아졌다. 아버지와 어머니가 빈소 쪽으로 달려가 엎드리며 통곡했고 빈소 영정 앞에 상복을 입고 서 있는 큰아버지와 사촌 형 그리고 주위 몇몇 사람도 일제히 곡성을 높였다.

마당 천막에서는 조문객들이 삼삼오오 상을 둘러싸고 앉아 권커니잣거니 막걸리를 마시며 안주를 들고 있었다. 부엌 쪽에서는 아낙네들이 음식을 장만하고 나르고 하느라고 부산하기 그지없었다.

집 안에는 서로 다른 두 가지 분위기가 묘하게 대비되고 있었다.

부엌과 천막을 중심한 잔치와도 같은 분위기와 빈소를 중심한 무거운 슬픔의 분위기.

나는 사람이 죽는 일이 꼭 슬픈 것만은 아니라는 사실을 어렴풋이나마 느낄 수 있었다. 한 사람이 죽으면 주변 사람들은 그 사람의 죽음을 중심으로 모여 사귐을 나누며 서로 살아 있음을 확인하고 함께 죽음의 기운을 몰아내는 듯싶었다.

"성기야, 상복으로 갈아입자. 너도 손자니까 상제가 되는 거여."

어느새 누런 굴건을 머리에 쓰고 아래가 터진 상복에다 요대까지 두른 아버지가 나를 데리고 구석방으로 가더니 나에게 작은 두건을 씌우고 누런 상복을 입혔다. 생전 처음 입어보는 상복이었다.

나는 아버지를 따라 빈소가 차려져 있는 마루 앞 멍석으로 가서 향불 연기에 싸인 할머니 사진을 향해 큰절을 두 번 올리고 사촌 형 옆으로 가 앉았다.

큰아버지와 아버지는 소나무 가지로 깎아 만든 듯한 지팡이를 짚고 서서 사람들이 영정을 향해 엎드려 절할 때마다 "애고 애고" 곡성을 높이곤 했다. 나는 이상하게도 그 곡성에서는 어떤 슬픔 같은 것을 느낄 수 없었다.

밤이 깊어가자 큰아버지와 아버지도 멍석으로 내려앉고 사람들의 움직임도 그렇게 부산스럽지 않았다.

발인식 날, 골목으로 들어올 수 없는 꽃상여는 신작로 가에 대기하고 있고 두건만을 머리에 쓴 사람들은 광목천에 묶인 할머니 관을 조심스럽게 들어 옮겼다.

할머니 관이 이웃집 앞을 지날 적마다 장독이 대문 밖으로 내던져져 박살나는 소리가 계속 들려왔다.

와장창 와장창.

와장창 와장창.

왜 사람들은 관이 지나간다고 장독을 깨뜨리는 것일까. 할머니의 혼이 장독 깨어지는 소리를 듣고 자기 집으로 들어오지 못하도록 하기 위해서인가.

상여를 멘 상두꾼들이 제자리걸음을 하면서 끄덕끄덕 선소리를 치고 받았다. 아버지가 상여에다 지폐를 꽂아주자 조금씩 조금씩 상여가 앞으로 나아갔다.

상제와 조문객들이 상여 뒤를 천천히 따라가고 마을 사람들은 손에 손에 길쭉한 만장輓章이 펄럭이는 장대들을 들고 있었다.

상여는 햇볕이 내리쪼이는 황톳길을 지나갔다. 그 길은 마치 세상 바깥으로 나가는 길인 양 한없이 이어졌다.

간혹 맞은편에서 걸어오던 사람들이 잠시 멈추어 서서 상여 행렬을 구경했다. 가장 나이 어린 나를 바라보며,

"꼬마 상제네. 열 살도 안 됐것어. 쯧쯧."

안쓰러움을 표시하기도 했다.

마침내 상여는 산길로 접어들어, 이미 굿일이 끝나 황토흙이 주위에 쌓여 있는 자리 근처에 내려졌다. 상두꾼들의 구성진 노랫가락이 더욱 구슬프게 들려왔다. 사실 할머니는 상여에 실려 여기까지 왔다기보다 그 노랫가락에 실려 왔다.

관이 구덩이로 내려지기 시작했다.

"아이고, 아이고!"

곡소리가 이제는 일정한 운율을 잃어버리고 오열이 되어 터져나왔다. 만장을 든 사람들이 구덩이 주위를 빙글빙글 맴돌았다.

관 위로 흙덩이들이 떨어져 내렸다. 얼마 지나자 곡소리가 조금씩 잦아들어갔다. 산 전체가 갑자기 야릇한 적요에 휩싸이는 것 같았다.

그때였다.

구덩이 바로 앞에 단정하게 무릎을 꿇고 앉아 있던 내가,

"할무이 할무이!"

소리 높이 부르며 통곡하기 시작했다. 슬픔의 파도가 다른 사람들을 한차례 쓸고 지나간 후에야 내 마음속 깊은 곳에서

애곡이 솟구쳐 올라온 것이었다. 아버지를 비롯하여 세상 모든 사람의 애곡을 대신하려는 듯이 목 놓아 울었다.

할머니가 저 관과 구덩이 속에서 어떻게 지낼 수 있을까, 저 좁은 땅속에서 얼마나 답답할까.

내 통곡소리가, 간간이 이어지는 모든 곡소리를 압도해버리고 말았다. 나는 정신을 잃을 정도로 울고 또 울었다.

만장들은 자꾸만 구덩이와 나를 싸고돌았다.

산바람이 세게 불어오고 흙먼지가 난분분히 날렸다.

눈물로 얼룩진 시야 가득히, 거대한 누런 상복 자락이 흩날리는 듯했다. 그제야 상복이 왜 누런 색깔인지 그 이유를 알 수 있었다. 흙먼지를 뒤집어쓰고 땅바닥에 뒹굴어도 괜찮은 색깔이었다.

나는 아예 땅바닥에 엎드려 두 손으로 땅바닥을 긁으며 몸부림쳤다. 아버지가 나를 부축해 상체를 일으켰다. 나는 다시 퍼더앉아 이제는 울음을 억누르며 구덩이를 내려다보았다. 관은 보이지 않고 흙무더기만 보였다.

"할무이가 성기 많이 좋아했제. 이제 고마 울거라."

아버지가 눈물을 훔치며 나를 마저 일으켜 바로 서게 했다.

37

아버지는 1944년 12월 25일 일본 동경 보선상업학교를 졸업하고 해방 후 일본에서 귀국하고 나서 1946년 1월 21일 22세 나이에 경상남도 교원양성소를 수료했다. 1946년 11월 30일 부산 성동국민학교 교사로 임명되어 첫 부임지에서 근무하다가 고향인 고성국민학교로 전근 가서 어머니와 결혼했다. 1950년 3월 26일 나를 낳고 3개월 후 6·25 전쟁을 맞았다.

내가 네 살 무렵 아버지가 1학년 국어책을 갖다주기로 약속했다. 그런데 아버지가 약속을 지키지 않고 차일피일 미루었다. 나는 1학년 국어책을 미리 보고 싶은 마음이 굴뚝같아 아버지가 갖다주기만을 기다릴 수 없었다. 내가 직접 학교로 가서 아버지한테 국어책을 받아 오기로 했다.

나는 어머니나 할머니에게 말하지도 않고 상의 러닝에 헐거운 팬티만 걸친 채 길을 나섰다. 기저귀 같은 팬티가 흘러내려 고추가 살짝살짝 드러나는 것도 개의치 않았다.

집에서 고성국민학교까지 가는 황톳길은 꽤 넓고 길었다. 오직 국어책을 받아 읽고 싶은 마음밖에 없었다. 글자를 잘 읽지 못하면 그림이라도 실컷 보고 싶었다.

트럭과 버스들이 흙먼지를 날리며 지나다니는 그 길을 용케 걸어가 마침내 고성국민학교에 도착했다.

내가 학교 교문을 들어서자 아이들이 모여 서서 나를 보며 수군거렸다. 아버지가 수업하고 있는 교실을 찾아가 문을 두드렸다.

나는 교탁에 서 있는 아버지 머리를 복도 이편에서 볼 수 있었지만 아버지는 누가 문을 두드리는지 볼 수 없었다. 교실 문 유리창보다 내 키가 더 낮았다. 아버지가 다가와서 문을 열어 보고는 깜짝 놀랐다.

"성기 아이가? 웬일이고. 니 혼자 왔노?"

교실에서 아이들이 웅성거리는 소리가 들렸다. 아버지는 얼른 흘러내린 내 팬티를 추켜올려주었다.

"국어책 주이소."

내가 두 손을 내밀었다.

"국어책 땜에 왔노? 아부지가 깜빡했네."

아버지가 교실 안쪽 책상에서 1학년 국어책을 들고 와서 나에게 건넸다.

내가 국어책을 받아 돌아가려 하자 아버지가 황급히 말렸다.

"니 혼자 어찌 갈라 그러노? 잠깐 있어보거라."

아버지는 나보고 서 있도록 한 후 학교 급사를 불러왔다.

"우리 아 좀 집에 바래다줘. 혼자 왔네."

젊은 남자 급사가 나를 데리고 황톳길로 나서 집까지 바래다주었다. 나는 팬티가 흘러내리든 말든 국어책만 소중하게 손에 꼭 쥐고 급사를 따라갔다.

어머니와 할머니는 행방불명된 나를 찾으러 다니다가 동네로 들어서는 나를 보고는 와락 달려와 껴안았다.

그 이후 집안에서는 내가 혼자 아버지를 찾아가서 국어책을 받아온 일을 전설처럼 떠벌렸다. 나는 분명히 팬티를 입고 갔는데 기저귀를 차고 갔다고도 하고 고추를 아예 내놓고 갔다고도 했다.

나는 아버지 덕에 입학 연령이 되지 않았는데도 다섯 살부터 청강생으로 고성국민학교 1학년에 다녔다.

아버지가 이듬해 첫 부임지였던 부산 성동국민학교로 다시 전근을 가 나는 국민학교 1학년을 두 번 다니게 되었다.

1학년, 2학년 때 내가 부반장을 했는데 2학년 반장 이름이 공교롭게도 아버지 이름과 똑같았다.

조인식.

아버지 이름을 가진 아이를 만나자 이름을 함부로 부를 수도 없어 자못 긴장되었다.

반장 인식은 2학년이지만 사뭇 의젓한 모습이었다. 키는 나보다 약간 컸고 어깨도 튼실하게 벌어져 있었다. 다른 아이들과 함께 떠들지도 않고 차분히 반장 일을 하는 인식을 보고 있으면 큰형처럼 여겨지기도 했다. 좀 과장해서 말하면 술 취하지 않은 아버지의 모습이 인식에게서 얼핏 엿보이기도 했다.

아버지도 술에 취해 있지 않으면 과묵하고 차분하기 그지없었다. 그럴 때는 아버지가 가만히 있어도 주변을 압도하는 힘이 있었다.

인식은 나를 데리고 오륙도가 내다보이는 자기 집으로 가서 함께 숙제를 하기도 하고 구슬치기 자치기를 하기도 했다. 인식 집에 가서 보니 몹시 가난하다는 걸 느낄 수 있었으나 인식은 그런 가난에 전혀 주눅들지 않았다. 오히려 인식으로 인해 그 집 안에 비싸고 귀한 보물이 자리하고 있는 듯했다.

3학년으로 올라갈 때 인식과 헤어지게 되어 무척 서운했다. 다른 반이 되었어도 종종 서로 만날 수 있었으나, 얼마 후 나는 아버지를 따라 멀리 전학을 가야만 했다.

3학년 때는 내가 반장을 하고 있었는데 전학 가기 하루 전날 반 아이들 앞에 서서 전학 가게 된 이유와 심정을 토로했다. 교실 창문 너머로 다른 학년 아이들이 의자를 돌려놓고 운동장 땅바닥에 앉아 일제고사를 치고 있는 광경이 눈에 들어왔다.

"아버지가 봉래국민학교로 전근을 가기 때문에 나도 봉래국민학교로 전학을 갑니다. 여러분과 헤어지게 되어 마음이 아픕니다."

나는 어느새 울먹이고 있었다.

반 아이들을 더 이상 보지 못하게 된 것뿐 아니라 무엇보다 인식을 만나지 못하게 되어 마음이 무너졌다. 친해진 아이들과 인식을 놔두고 아버지를 따라 전학을 가야만 하는 현실에 대해 슬며시 거부감이 일었다. 아버지는 내가 쌓아온 소중한 일상을 순식간에 무너뜨려버렸다.

조인식이 나에게서 조인식을 빼앗아갔다.

38

1967년 1월, 중앙정보부장 김형욱이 아버지에게 한자와 한글이 병용된 공문 한 장을 우편으로 보냈다.

아버지 이름 '조인식' 한자만은 김형욱이 만년필로 친필로 쓴 것 같았다. 필체가 나쁘지 않고 시원한 편이었다.

"조인식 귀하

시하 정미신춘가절에 제하여 삼가 귀하의 존체도 만안하심과 댁내금안하심을 앙하 저축하나이다"

첫 문장이 최고의 존경을 표하고 있었다. 평안하기를 빈다는 내용인데, 단어 하나하나를 보면 대부분 평소에 사람들이 잘 사용하지 않고 국어사전이나 옥편에도 나오지 않는 용어들이다.

'존체도'는 '尊體도'로 되어 있지 않고 '尊體度'라고 되어 있다. '度'가 '풍채'를 뜻하긴 하지만 이런 단어는 좀체 찾아보기 힘들다. 아주 드물게 임금의 옥체를 표현할 때 쓰는 용어다.

'만안'萬安은 그렇다 하더라도 '금안'錦安은 또 무언가. 말하자면 비단같이 아름다운 평안이라는 뜻인데 역시 국어사전이나 옥편에도 나오지 않는다.

'앙하'仰賀니 '저축'且祝이니 하는 말도 보지 못하던 단어다. 직역하면 '우러러 기리며 삼가 빈다'는 뜻이다. '且祝'을 '차축'으로 읽으면 거듭 빈다는 뜻이기도 하다.

날아가는 새도 말 한마디로 떨어뜨린다는 중앙정보부장이 일개 시민에게 이토록 높임말로 인사를 올리다니. '귀하'를 '각하'로 바꾼다면 대통령에게 올리는 문안 인사라고 해도 손색이 없었다.

"현재 귀하께서 제3공화국이 수립된 후 국가시책에 적극참여하여 주서서 정부는 경제개발 1차 5개년계획을 완수하고 제2차 5개년계획에 접어들었으며 바야흐로 국민경제향상과 조국근대화에 일로 매진하고 있는 데 대하여 심심한 사의를 표합니다."

5·16 쿠데타가 일어난 직후에 국가시책에 따라 파면당하고

감옥까지 가고 2년 후 제3공화국이 열렸어도 실직자로 전전했는데 국가시책에 적극참여했다니.

국가시책에 반항하지 않고 술에 취해 비틀거리며 다닌 것이 '적극참여'라는 건가. 하긴 골치 아픈 존재가 얌전하게 군 것만 해도 기특하게 여겨졌을 터이다.

"귀하께서는 8·15 해방 후 우리 민족이 국토분단의 비운과 예상치 않았던 6·25 괴뢰 불법남침 등으로 당시 일부 불순세력의 선전선동과 감언이설에 현혹되어 본의 아닌 일시적 과오로 요시대상자要視對象者로서 금일에 이르렀으나 귀하께서는 현국가시책에 적극참여하여 주셨으므로 국민의 반공사상은 일익고조日益高潮되어 가고 있습니다."

아버지가 '요시대상자', 즉 '요시찰인물'이 된 것이 교원노조 운동을 벌였기 때문이 아니라, 6·25 전쟁 전후에 일부 불순세력의 선전선동과 감언이설에 현혹되어 본의 아닌 일시적 과오로 그리되었다고 했다.

그렇다면 어떻게 공무원인 국민학교 교사로 임명되었는지, 6·25 전쟁 전에는 반공이념이 강하지 않을 때라 임명이 가능했다 하더라도 전쟁 후에는 벌써 파면당했어야 하지 않나. '요시대상자'인 경우는 파면까지는 가지 않는 건가.

'요시대상자'는 언제라도 잡아넣을 수 있으니 때를 기다렸다가 5·16 쿠데타가 일어나자 일시에 검거한 것인가. 교원노조 운동이 한창 불붙기를 호시탐탐 노리고 있다가.

"금반 정부시책에 의거 본인은 귀하를 현요시대상에서 완전삭제하여 국민의 기본권리행사에 추호도 지장을 받지 않도록 할 것이므로 앞으로도 계속 조국근대화 건설사업과 반공대열에 적극참여하여 주실 것을 간곡히 바라면서 귀하의 앞날에 무궁한 영광과 행운 있기를 축복하면서 자이玆以 통지하여 드립니다."

어떤 근거 법령도 제시하지 않고 중앙정보부장 '본인'이 아버지를 '요시대상'에서 완전삭제하여 국민의 기본권리 행사에 추호도 지장을 받지 않도록 해주겠단다. 그야말로 중앙정보부장 말 한마디가 사람의 생사화복을 좌우하는 법령이요 판결 그 자체였다.

공문 작성번호나 발송번호도 없이 직인 하나만 찍혀 있는 그 편지 쪼가리 한 장을 아버지는 중세시대 면죄부인 양, 대법원 판결문인 양 평생 소중하게 허름한 가죽 가방 깊숙이 간직

해두었다. 누가 '당신이 요시찰인물이요'라고 말하면 당장이라도 중앙정보부장의 편지를 들이밀기라도 할 것처럼.

편지 맨 마지막에는 별표 표시와 함께 본문보다는 작은 글자들이 적혀 있었다.

"만약 신상에 관한 국민으로서의 모든 권리행사에 문제가 발생할 경우는 당부當部 지구분실이나 당부에 신립申立하여 주시기 바랍니다."

중앙정보부가 끝까지 신상보장을 해주겠다니 아버지로서는 안도할 만도 했다. 무엇보다 이제부터는 아들이 연좌제로 불이익을 받지 않아도 되어 아들 앞에서 좀더 떳떳할 수도 있었다.

군대 입대하여 논산훈련소에 있을 때 보안사에서 아침부터 나를 호출한 일이 있었다. 보안사 막사로 들어가니 사복을 입은 요원들이 내 신원을 한번 확인하고는 구석 의자에 앉아 있도록 했다.

그들이 왜 나를 불렀는지 궁금했으나 아무도 말해주지 않았다. 혹시 내 출신 대학을 보고 보안사 요원으로 차출하려고 그러나 하는 생각이 들기도 했으나 나를 대하는 그들의 태도를 보고 그 생각은 얼른 접었다.

그들은 하루 종일 구석 의자에 앉아 있는 나를 투명인간 취급하며 자기들 업무만을 보고 있었다.

왜 나를 여기 불렀습니까, 큰소리로 묻고 싶었지만 보안사라는 이름이 주는 위압감에 눌려 입을 다물었다. 보안사가 군대에서 중앙정보부 못지않게 위세를 떨쳤다. 군복으로만 가득 찬 훈련소에서 사복이 희한하게도 권위를 부리고 있었다.

두세 시간이 흘러가자 이제는 내가 훈련소에 들어와서 뭔가 잘못을 저질러 보안사에 갇혀 있나 싶기도 했다. 그들이 나에게 아무 말도 걸지 않는 것은 스스로 뭘 잘못했는지 반성하라고 그러는 건가.

그 순간, 내가 잃어버린 관물을 보충해놓기 위해 옆 내무반 관물을 몰래 훔친 일이 떠올랐다. 이 일은 아무도 모르는 나만의 비밀인데, 보안사라고 해도 알았을 리가 없을 텐데.

훈련소에 들어왔을 때 입영 동기 중에 내 이름과 똑같은 훈련병이 있었다. 그것도 바로 옆 내무반원이라 페치카를 사이에 두고 같은 막사를 쓰고 있었다.

주번사관은 내가 속한 내무반 점호가 끝나면 곧바로 페치카를 지나 옆 내무반으로 건너갔다. 나란히 붙은 두 내무반 점호가 다 끝나야 막사가 비로소 조용해지는 법이었다. 하긴 주번사관 점호가 끝났다고 해서 그냥 조용해지는 것도 아니었다. 점호 시 받은 주의사항을 가지고 양쪽 내무반장이 다시금 점검하기도 하고 기합을 주기도 했다.

내무반장은 무엇보다 관물을 잃어버리지 않도록 주의를 주었다. 관물을 잃어버린 훈련병은 다른 막사로 몰래 들어가서라도 그 관물을 훔쳐와야만 했다. 그렇게 관물을 도둑맞은 훈련병 역시 관물을 훔치러 가야 했으므로 도둑질이 영내에서 강강수월래하듯 윤무輪舞 고리를 이루었다. 군사훈련을 받으러 왔는지 도둑질 기술을 익히러 왔는지 분간하지 못할 지경이었다.

드디어 나도 관물을 잃어버렸다. 아니, 도둑맞고 말았다. 그것도 가장 중요한 철모가 없어졌다.

포개져 있는 다른 관물들은 일일이 뒤적여보기 전에는 망실 여부가 얼른 파악되지 않지만 관물 맨 위에 얹어두는 철모는 금방 그 유무가 드러나게 마련이었다.

다행스럽게도 취침점호가 끝난 후 잠을 자다가 불침번을 서려고 일어났을 때 철모가 없어진 사실을 알게 되었다. 내무반 안에서 불침번을 설 때는 굳이 철모를 착용하지 않아도 되었다. 총만 어깨에 메고 훈련병들의 잠꼬대를 들어가며 내무반 통로를 왔다갔다했다.

취침점호가 끝난 후에 철모가 없어졌으므로 다른 막사에서 들어와 훔쳐 갔다기보다 바로 옆 내무반에서 훔쳐 갔을 가능성이 많았다. 나는 옆 내무반 불침번이 침상 모서리에 걸터앉아 졸기를 기다렸다가 슬쩍 그쪽 철모 하나를 가져다가 내 관물대에 얹어두었다.

날이 새어 일조점호를 받은 후 옆 내무반에서는 철모가 없어진 훈련병이 엎드려뻗쳐 기합을 받으며 엉덩이에 배트 맞는 소리가 요란했다.

퍽.

아이쿠.

퍽.

아이쿠.

화가 난 옆 내무반장이 배트를 휘두르며 고함을 질렀다.

"너, 좆성기, 어벙하게 관물을 잃어버릴 거야?"

처음에는 옆 내무반장이 나의 비밀을 알고 따져 묻는가 싶어 깜짝 놀랐다.

"아침에 일어나니까 없어졌습니닷!"

옆 내무반 조성기가 엎드린 채 발악하듯 소리쳤다.

공교롭게도 내가 지난밤 어둠 속에서 더듬거리며 황급히 훔친 철모가 하필 '조성기'의 철모였다.

"그럼 새벽같이 훔쳐서 채워놓아야지."

퍼억.

퍼억.

옆 내무반장의 배트 소리가 울릴 적마다 '조성기' 엉덩이에 배트가 떨어지는 게 아니라 내 엉덩이에 떨어지는 것 같아 움찔움찔 놀랐다.

물론 보안사에서 조성기가 '조성기' 관물을 훔친 그 일을 캐묻지는 않았다. 어스름이 내릴 무렵, 보안사 요원들이 그제야 내 존재를 인식한 듯,

"왜 여기 있는 거야? 빨리 내무반으로 복귀해!"

명령을 내렸다.

참으로 기이한 하루였다.

보안사 막사를 나오면서 비로소 나도 아버지처럼 요시찰인물인지도 모른다는 생각이 퍼뜩 들었다. 요시찰인물이니까 구석에 앉혀두고 쳐다보기만 하면 되는 존재가 아닌가.

아버지가 중앙정보부장의 사면 편지를 받고도 나에게는 일절 알려주지 않았고, 그때는 이미 김형욱이 권좌에서 쫓겨난 뒤라 그의 편지가 얼마나 효력이 있는지도 의심스러운 시기였다.

  아버지로 인해 내가 여전히 요시찰인물이 되어 있는 게 아닌가 의심되는 일이 군대 제대 후에도 있었다.

  중풍으로 쓰러졌다가 간신히 회복되었으나 왼쪽 팔다리 마비 증세가 아직 남아 있는 외할머니, 고등학교 1학년 막내 여동생 성이와 내가 낙산 근방 판자촌에 월세방을 구해 살고 있을 때였다.

  나는 선교단체 인턴 스태프로 주로 선교회관에서 먹고 자고 하느라 낙산 집은 드물게 들를 뿐이었다. 인턴 스태프 월급이 박봉이라 생활비를 보태줄 여유가 없었다. 외할머니 형편이 어려운 걸 외할머니가 다니는 교회에서 알고 쌀 한 말을 보내주기도 했다.

  어느 날 저녁 성이가 선교회관으로 전화를 걸어 나를 찾았다.

  "무신 일이고?"

  성이가 선교회관으로 전화 거는 일이 좀체 없던 터라 사뭇 긴장되었다.

"오빠 별일 없지예?"

성이 목소리도 긴장된 것 같았다.

"별일 없지. 왜?"

"별일 없으면 됐어예. 할무이가 걱정하셔서."

성이가 전화를 끊으려 하여 내가 다그치듯이 또 물었다.

"왜 그러는데?"

성이가 잠시 침묵을 지키다가 입을 열었다.

"어제저녁에 형사 둘이 집을 찾아왔어예. 오빠 이름을 대면서 어디 있느냐고 물었어예. 할무이는 오빠가 직장 생활이 바빠서 집에도 잘 못 들어온다고 했어예. 할무이가 왜 그러느냐고 물어도 형사들은 아무 대답도 하지 않고 집을 한번 쓰윽 둘러보고 갔어예."

"아무튼 별일 없으니 염려 말고."

"알았어예. 오빠, 집에 한번 들러예."

전화 통화 후에도 나는 대수롭지 않게 생각했다. 통장이 가가호호 방문하듯이 형사들도 그랬나 보다 생각했다.

그런데 다음 날 저녁 또 성이가 나에게 전화를 걸었다. 어제

보다 더 다급한 목소리였다.

"할무이가 쓰러져서 의식이 없어예."

"어쩌다가?"

"저녁 잡수시고 그만. 오빠, 빨리 와봐야 되겠어예."

내가 낙산 동네 골목을 달려올라가 집에 도착하니 방안에 외할머니가 입에 거품을 문 채 쓰러져 "어 어 어" 소리만 내고 있었다. 옆에서 성이는 울고 있고 주인집 아주머니는 방문께에서 "집에서 초상 치르겠네, 빨리 병원으로 데려가야지" 재촉했다.

택시를 불러 외할머니를 싣고 성이와 함께 근처 서울대병원 응급실로 달려갔다. 의사는 보이지 않고 간호사가 병상에 누운 외할머니 가슴을 두 손으로 눌렀다 뗐다 하며 심폐소생술을 실시했다. 외할머니 입에 자기 입으로 숨을 불어넣기도 하며 정성을 다해 같은 동작을 되풀이했다.

간호사의 모습이 정말 감동스러웠지만 나는 속으로 외할머니가 그대로 평안히 돌아가시기를 빌었다. 중풍 마비 증세로 외할머니가 얼마나 어렵게 기동하며 사는지 잘 알고 있는데 이번에 또 깨어난다면 아예 전신마비가 되어 숨만 쉬고 있을

지도 몰랐다.

"돌아가셨습니다!"

간호사의 사망 선언을 들으며 내 속마음이 들킨 것 같아 움찔했다.

"할무이, 할무이!"

성이가 외할머니 상체를 부둥켜안고 통곡을 터뜨렸다. 내가 아주 어릴 때 친할머니 산소에서 목 놓아 운 것처럼.

나는 울음을 자제하며 외할머니에게 작별 인사를 올렸다.

"할무이, 너무너무 고생 많으셨습니다. 평안히 쉬십시오."

외할머니의 사망과 형사들의 느닷없는 방문이 관련이 없다고는 할 수 없었다. 외할머니는 사위가 형사들에게 끌려가고 형사들이 딸이 지키고 있는 집으로 쳐들어와 압수수색한 일들을 딸에게서 듣고 잘 알고 있었다.

실직자가 되어 먹고살기 힘들게 된 사위와 무남독녀 딸, 외손자 외손녀 들을 위해 고향 재산을 다 처분하여 뒷바라지해 주고 자신은 떠돌이 신세가 된 외할머니였다.

중풍까지 얻어 겨우겨우 기동하는 외할머니에게 나를 찾는 형사들의 방문이 큰 충격을 주어 마지막 남은 신경줄마저 끊어버렸을 것이다.

형사들은 자신들의 일상적인 방문조차 일반 서민들의 심장을 떨리게 한다는 사실을 잘 모를 터이다. 자신들의 압수수색이 한 가정에 얼마나 깊은 트라우마를 남기는지 알려고도 하지 않을 것이다.

다음 날 외할머니 별세 소식을 듣고 부산에서 아버지와 어머니가 올라왔다.

성이가 아버지에게 자초지종을 알려주었다.

"형사들이 찾아오고 나서 외할머니가 밤새도록 크게 걱정하다가 쓰러졌어예."

아버지가 나에게 성이가 했던 질문을 또 했다.

"정말 아무 일이 없는 거제? 선교단체가 데모를 한 건 아니제?"

"선교단체는 데모하고는 거리가 멀어예."

나의 대답에 아버지는 잠시 고개를 숙이고 있다가 무슨 비밀이라도 들려주듯 나직이 말했다.

"작년에 '사회안전법'이 새로 만들어졌제. 나라에 위험한 인물들은 형기를 다 마치고 나왔어도 계속 감시대상이 되고 다시 감옥에 들어갈 수도 있고. 10년 징역을 살다 나온 교원노조 어르신들도 언제 다시 감옥에 갈지도 모르제."

'그럼 아버지도 다시 수사를 받고 기소될 수 있겠네예?' 묻고 싶었으나 잔뜩 무거워진 아버지 표정을 보고 입을 다물었다.

새로 제정된 사회안전법과 형사들의 방문이 분명 연관이 있고 형사들의 방문이 외할머니의 죽음을 재촉했음이 틀림없었다.

박정희가 만든 법이 아버지도 죽이고 외할머니도 죽였다.

40

술기운에 기분이 좋아진 아버지가 결혼 적령기가 넘어가는 첫째 여동생 성임에게 큰소리쳤다.

"지금은 돈이 없지만 복권을 사서 니 시집보내줄기다. 주택 복권."

그 당시 주택복권 1등 당첨금이 900만 원 정도 되었다. 1969년 주택복권 발행이 시작되었을 때 1등 당첨권은 300만 원이었고, 선망 직종인 은행원 월급이 3만 원가량이었다.

1회 복권 한 장 가격은 짜장면 한 그릇 값인 100원이었다. 아버지가 주택복권을 샀을 당시 한 장 가격은 300원가량이었을 것이다.

처음에는 월 1회로 추첨식이 진행되었으나 10년 가까이 지나자 주 1회로 늘어나 주말마다 텔레비전에서 생방송으로 진행되었다. 7명의 늘씬한 아가씨들이 나란히 서서 차례대로 "준비하고 쏘세요!" 구령에 맞춰 버튼을 누르면 화살이 튀어나와 숫자가 적힌 다트 판에 꽂혔다.

아버지가 산 복권은 아깝게도 1등과 끝 번호만 다른 '아차상'에 당첨되었다. 마침 아차상 당첨금도 인상되어 20만 원 정도 되었다. 국공립대 일 년 등록금과 맞먹는 금액이었으니 꽤 많은 액수였다.

어머니가 아차상 복권을 들고 주택은행으로 가서 당첨금을 수령하여 은행 문을 나서는데 자꾸만 누가 뒤에서 잡아채 돈을 앗아갈 것만 같아 조마조마했다고 했다.

아버지는 술김에 약속한 대로 복권의 가피를 힘입어 첫째 여동생 성임을 마침 사귀고 있던 서산 출신 청년에게 시집보내는 데 성공했다.

나는 성임의 결혼 청첩장까지 받았지만 선교단체 일로 바빠 참석하지 못했다. 아무리 친족 결혼식이라도 선교단체 일을 제쳐두고 갈 수는 없는 노릇이었다. 그랬다가는 무슨 엄중한 훈련이 가해질지 몰랐다.

나의 참석을 기다리던 아버지와 어머니, 동생들이 결혼식 끝나고 여관으로 돌아와 함께 울음을 터뜨렸다는 말을 전해 듣고 가슴이 무너지는 것 같았다. 외할머니 장례식에 선교단체 회원이 한 명도 참석하지 않은 일까지 합쳐져 인간의 정을 너무 도외시하며 합리화하는 선교단체에 대한 회의가 더욱 짙어졌다.

둘째 여동생 성숙을 시집보낼 때는 아버지가 돈 한 푼 들이지 않아도 되었다. 성숙은 집안의 어려운 형편을 견디지 못하고 가출하여 행방이 묘연했는데 몇 년 지나서 세차장을 경영하는 한 청년을 만나 이미 아들까지 낳고 가정을 꾸리고 있다는 소식을 듣게 되었다.

성숙이 가출한 후에 잘못된 길로 떨어진 게 아닌가 자나 깨나 걱정했으나 나름 가정을 이루고 있었다니 여간 다행스런 일이 아니었다. 나중에 자기들이 마련한 돈으로 결혼식을 올려 아버지는 신부 입장을 돕기만 하면 되었다.

성숙의 결혼식에는 어찌어찌하여 나도 참석했는데 신부 입장 때 성숙과 나란히 식장으로 들어서는 아버지의 모습이 안도감으로 평온해 보여 다소 안심이 되었다. 성숙의 남편은 아버지와 가까이 부산에 살면서 세차장을 부지런히 꾸려나가고 아버지의 좋은 술친구가 되어주었다.

나의 결혼식 때도 아버지는 복권을 살 필요가 없었고 돈 한 푼 들이지 않아도 되었다. 나는 선교단체의 불문율에 따라 지도자가 중매해준 자매를 나의 결혼 대상자로 받아들였다. 솔직히 말해 나는 강요당하는 느낌으로 지도자의 제의를 받아들인 것은 아니었다. 그때까지만 해도 나는 지도자에 대한 회의에도 불구하고 존경심을 완전히 버리지는 않고 있었다.

무엇보다 내가 이전에 결혼 상대자로 생각했던 자매가 선교단체를 떠남으로써 나의 꿈이 좌절된 데다 가정의 어려움까지 겹쳐 나는 거의 결혼에 대한 소망마저 가지고 있지 않았다. 그런 자포자기 심정으로, 위에서 정해주는 대로 맡기지 뭐, 하는 상태에 있었다.

나의 결혼 대상자로 지목된 자매는 대전지역에서 활동했던 회원으로 서독 선교를 목적으로 간호원 해외 취업을 나가서 전도활동을 벌이고 있는 열성파였다. 결국 서독지부 지부장 자리에까지 올랐다. 그녀의 활동 무대는 베를린을 포함하여 부퍼탈, 에센 등 서독 전역이었다.

나는 군대 가기 전 학생 시절 그녀를 한 번도 본 적이 없고 이름을 들어본 일도 없었다. 내가 서울에서 활동하면서 대전지역의 활동 상황에 대해서도 관심을 가졌더라면 그녀의 이름 정도는 알 수도 있었을 테지만 나는 거기까지 관심을 돌릴 만한 여유가 없었다. 복학한 이후에야 서독지부장 이름이 적힌 인쇄물을 접하고 그녀의 이름을 처음으로 보았다.

그녀를 직접 본 것은 그녀가 서독에서 함께 일하다 소위 '순교'한 동료의 유해를 하얀 유골함에 담아 들고 왔을 때였다. 그때 그녀는 주로 서울에서 머물다 다시 서독으로 돌아갔는데 나는 그녀와 이야기를 나눌 기회를 가지지 못하고 다만 먼발치서, 아 저 여자가 유골함을 들고 온 서독지부장이구나, 속으로 생각했을 뿐이었다. 유골함을 들고 온 여자라는 이미지 때문이었는지 섣불리 접근할 수 없는 거리감마저 느꼈다.

그녀가 한 일주일 지나 서독으로 돌아간 연후에 지도자는 본격적으로 나의 결혼 문제에 대해 언급하면서 나의 결혼 대상자로 서독지부장을 추천한다는 내용을 여러 모양으로 암시했다. 나중에는 그 암시가 확실한 형태를 드러내게 되었다.

얼마 후 지도자는 미국 대학 선교 일로 시카고로 건너가고 서독지부장은 나와 결혼식을 올리기 위해 서독 병원에서 휴가를 얻어 한국으로 나오게 되었다.

12월 20일, 바로 내일 그녀가 온다는 통고를 받았다. 내 결혼 주례는 지도자가 아니라 수석 제자에 해당하는 종로회관 목자가 맡기로 했다고 했다.

나는 신혼여행은커녕 첫날밤을 보낼 호텔도 아직 예약하지 못했다. 그뿐만 아니라 아직 부산 부모에게도 한마디 연락을 하지 않았다. 결혼식은 적어도 삼사 일 후에 올려야 할 텐데.

그때 나는 사실 부모의 반대가 있으면 어쩌나 하는 염려 따위는 하고 있지 않았다. 나의 두려움의 대상은 바로 그녀 자체였다. 한 번도 이야기를 나누어보지 못한 여자와 만난 지 삼사 일 만에 결혼을 해야 하는 일이 아무리 '믿음 안에서'라고 하지만 두려운 일이 아니고 무엇인가.

이런저런 생각들이 오고갔지만 일단 결혼을 해놓고 보자 하는 배짱 같은 것이 내 마음을 붙들었다.

다음 날 그녀를 맞이하러 작은 꽃다발을 들고 김포공항으로 갈 때 진눈깨비가 희끗희끗 내리고 있었다.

공항 출구에서 걸어 나오는 그녀를 처음 정면에서 바라보았을 때 나는 무척 당황했다. 숏컷으로 머리를 자르고 훤칠한 키에 청바지 차림을 하고 있는 그녀가 낯설기 그지없었다.

결혼 날짜는 사흘 후 크리스마스이브인 12월 24일로 정해졌다. 결혼식장은 따로 구하지 않고 선교회관 공간을 빌리기로 했다.

부산에 계신 아버지 어머니에게 아내 될 사람을 보여주지도 못한 채 결혼 소식을 알려야만 했다.

부산 집으로 전화를 거니 아버지가 받았다. 다행히 술은 마시지 않은 듯했다. 내가 침을 한 번 꿀꺽 삼키고 배에 힘을 주며 말했다.

"아버님, 저 3일 후에 결혼합니더. 서울로 올라오이소."

아버지가 득달같이 대답했다.

"이노무 자식이 미쳤나. 나 안 올라갈끼다!"

변명할 새도 없이 아버지가 전화를 끊어버렸다.

결혼식 전날 어머니와 여동생들은 부산에서 올라와 근처 여관에 짐을 풀었으나 아버지는 역시 올라오지 않았다.

어머니는 그렇게 자기 마음대로 결혼을 결정하고 3일 전에야 부모에게 알려주는 법이 어디 있느냐고 나무랐다.

"너거 아버지는 단디 화가 나서 안 올란다 안 카나."

나는 어설픈 변명을 몇 마디 했지만 통할 리 없었다.

어머니는 며느리를 빨리 만나보고 싶은지 얼른 데려와보라고 재촉했다. 나는 잠시 기다리라 하고는 여관을 나섰다.

눈이 내리고 있는 거리를 걸어 선교단체 사택舍宅으로 가 그녀를 데리고 나왔다. 그녀는 시댁 식구들을 처음으로 대면하게 되어서 그런지 줄곧 긴장된 표정이었다.

드디어 그녀가 여관방으로 들어섰다. 어머니는 큰절을 올리며 방바닥에 두꺼비처럼 넙죽 엎드리는 그녀의 등판을 지그시 내려다보았다. 그녀의 자태와 용모가 일단 어머니 마음에 드는 것 같았다.

어머니는 그녀에게 몇 가지 질문을 하고는 보따리에서 금목걸이 하나를 꺼내어 건네주었다. 그 금목걸이는 평소에 어머니가 목에 걸고 있던 것이었다. 어머니는 아끼고 아끼던 그 금목걸이밖에 선물로 줄 것이 없었다.

시간이 좀 지나 나와 그녀는 여관을 나왔다. 그녀는 다시 사택으로 가고 나는 버스를 타고 여의도 쪽 어느 큰 교회로 갔다. 그곳은 내가 문제가 생길 적마다 밤을 새우며 기도하러 가곤 하던 교회였다. 교회 강단 근처에는 크리스마스를 위해 준비한 갖가지 장식들이 붙어 있었다.

나는 철야기도를 마치고 새벽이 되기가 무섭게 교회를 빠져

나왔다.

눈이 그친 희부연 새벽.

하늘을 올려다보는 내 시야에 전투적인 장면들이 펼쳐져 내심 놀랐다.

아버지의 성격으로 보아, 뒤차로 올라와 결혼식장에 난입하여 부모의 사전 동의가 없는 결혼은 무효라고 외치며 의자들을 뒤집어엎을지도 몰랐다. 나로서는 아버지가 결혼식에 참석하지 않는 것이 오히려 다행스러울 수도 있었다.

그런데 시간이 되어 결혼식장으로 준비된 선교회관 이층 홀로 들어섰을 때, 거기 앞쪽 부모석에 아버지가 이미 와서 떡하니 앉아 있는 게 아닌가. 내 심장이 쿵 하고 내려앉는 느낌이었다.

아버지 표정은 자못 복잡하여 섣부르게 접근할 수 없었다. 나는 아버지와 시선이 마주치자 어색하게 목례를 보내며 얼굴 근육을 움직여 짐짓 웃어 보이려고 했다. 아버지는 냉정하게 시선을 거두어버렸다. 한복을 차려입고 아버지 옆 좌석에 앉아 있는 어머니는 안절부절못했다.

나도 마음을 다잡으며 속으로 중얼거렸다.

'우선 먼저 결혼식을 치르고 나서 아버지를 만나자.'

제발 아버지가 결혼식장에서 난리를 피우지 않기만을 간절히 빌었다.

신랑 입장을 하고 돌아서서 신부 입장을 기다렸다. 오르간 반주에 맞춰 하얀 웨딩드레스를 입은 신부가 장인과 함께 한 걸음 한 걸음 나에게로 다가왔다.

장인은 하루 전에 만나 어색한 인사를 나누기는 했다.

나는 신부를 기다리는 한편, 아버지 쪽을 흘끗 곁눈질해 보았다. 아버지가 엉덩이를 들썩거릴 적마다 긴장하지 않을 수 없었다. 아버지가 입장하고 있는 신부를 향해 달려가 웨딩드레스를 찢어버리는 광경이 눈앞을 얼핏 스치고 지나갔다.

일전에 선교단체 결혼식에서 실제로 그런 일이 벌어진 적이 있었다. 부모 반대에도 불구하고 딸이 결혼을 강행하자 신부 아버지가 대기실에서 신부 입장을 기다리는 딸에게 달려들어 웨딩드레스를 박박 찢어버렸던 것이었다. 그런 사태가 또 벌어지지 않는다는 보장이 없었다.

그런데 이게 웬일인가.

신부가 나에게로 점점 다가올수록 굳어 있던 아버지의 표정이 풀어지더니 급기야 입이 헤벌레 벌어졌다. 결혼식장에서 처음 보는 신부의 모습에 아버지는 스르르 무장해제당한 듯했다.

나는 비로소 안도의 한숨을 몰래 내쉬며 신부에게로 시선을 고정했다.

주례자가 주례사를 하고 성혼선언이 있은 후 선교단체 스태프 네댓 명이 빙 둘러서서 흰 장갑 낀 손을 신부와 나의 머리에 얹고 축복기도를 해주었다.

신부와 내가 마침내 나란히 행진을 해나갈 때 선교단체 회원들이 마음을 다해 축복송을 불렀다.

주 너를 축복하고

주님 너희들을 지키시리

하객들의 축하를 받고 사진을 찍고 하는 동안, 아버지는 마치 연회장이라도 되는 양 신이 나서 인사를 나누며 사람들 사이를 돌아다녔다.

41

아버지는 키가 작았지만 두상이 크고 체격도 든든한 편이었다. 윤곽이 뚜렷한 얼굴은 주변 사람들로부터 영국 영화배우 리처드 버튼을 닮았다는 말을 들었다.

나는 그 말에 고개를 갸우뚱하면서도 리처드 버튼이 누군가 하고 호기심이 생겨 알아보기도 했다. 당대 최고 미인이라는 엘리자베스 테일러가 7명의 남편 중 가장 오래 12년간이나 혼인 관계를 유지한 남편으로 유명했다.

아버지와 리처드 버튼의 공통점은 무엇인가 하고 찾아보기도 했다. 가장 눈에 띄는 공통점은 알코올 중독증이었다. 12세부터 술을 마시기 시작한 버튼은 평생 알코올 의존증에 시달렸는데 한자리에서 마티니를 연속해서 17잔이나 들이켜기도 했다. 영화 촬영장에서조차 하루 종일 술에 취해 있는 바람에 감독과 스태프들이 곤욕을 치르곤 했다. 버튼이 테일러와 11년 만에 이혼하게 된 것도 심한 알코올 중독증 때문이었다.

이혼 후 버튼은 함께 영화에 출연한 지니 벨과 사귀게 되고 벨의 헌신적인 봉사로 알코올 의존증이 거의 치료되었다. 테일러와 헤어지게 된 주요 원인이 제거되자 버튼은 벨을 버리고 테일러에게로 돌아가 재결합을 하고 1년 후에 다시 이혼했다.

알코올 중독 외에는 아버지와 버튼의 공통점을 찾기 힘들었다. 하루 담배를 다섯 갑이나 피워댄 버튼에 비해 아버지는 담배만큼은 거의 피우지 않았다.

여성편력은 버튼이 결혼을 다섯 번이나 하는 등 너무나 화려하여 아버지가 비록 비밀스런 여성편력이 있었다고 해도 비교대상조차 될 수 없었다.

아버지는 22세에 교사로 임명되고 3년이 지나서 17세 처녀를 아내로 맞았다.

아버지는 중매가 들어와서 대상자가 누군가 하고 어머니가 다니던 고성여중학교를 찾아가서 몰래 훔쳐보았다. 아버지 말로는 중매쟁이가 알려준 여학생이 오징어 다리를 한 손에 잡고 질겅질겅 씹으며 교문을 나오더란다.

아버지는 오징어 다리 여학생과 결혼하고 30년이 넘도록 이혼하지 않고 살았으니 이 점에서는 버튼이 따라올 수 없었다.

버튼은 180센티미터에 가까운 키였지만 아버지는 짧은 다리에 걸음마저 오리처럼 약간 뒤뚱거렸다.

성동국민학교에 다닐 때 하루는 아버지가 학교 건물을 돌아가는데 그 뒤로 네 명의 아이들이 따라가면서 뒤뚱거리는 아버지 걸음을 흉내내는 것을 보았다. 나도 조심스럽게 따라가며 아이들의 결말이 어떻게 되는가 지켜보았다.

아니나 다를까, 얼마 못 가 인기척을 느끼고 돌아본 아버지에게 익살스런 걸음 흉내가 들키고 말았다. 웃음기를 머금고 있던 아이들이 얼른 동작을 멈췄지만 워낙 과장되게 팔다리를 움직이고 있던 중이라 숨길 수 없었다.

버튼을 닮은 아버지 얼굴은 순식간에 시베리아 호랑이 얼굴로 변했다. 아이들은 모조리 아버지에게 끌려갔다. 아이들은 하필 아버지 반 애들이었다. 교실로 떠밀려간 아이들이 어떻게 되었나 복도에서 교실 창문 너머로 바라보니, 아이 넷은 다른 아이들이 그대로 앉아 있는 중에 각각 책상 위로 올라가 무릎을 꿇고 두 팔을 번쩍 들고 있었다.

하교할 무렵에 가 보아도 아이 넷이 여전히 책상 위에 꿇어

앉아 두 팔을 올리고 있는 것으로 보아 족히 두 시간은 벌을 선 것 같았다. 울상이 다 된 아이들은 팔이 아파 아예 들지도 못하고 엉거주춤 머리에 얹어두고 있기도 했다.

아버지는 평소에는 잘 웃지도 않고 얼굴의 무게감으로 주변을 압도했으나 술만 들어가면 수다스러워졌다. 좀체 어깨 한 번 두드려주지 않던 아버지가 술기운이 오르면 내 몸 위로 껑충 뛰어올라 까끌까끌한 턱수염으로 내 인중 부위를 마구 문대기도 했다. 그럴 때면 인중 부위가 얼마나 따끔거리던지.

다정한 사랑의 표현으로 여겨지기보다 난데없이 봉변을 당한 듯했다. 그렇다고 무슨 항의를 한 것은 아니고 그저 멀뚱한 표정을 지었을 뿐이었다.

"아이고, 애를 그리 덮치면 어떡해요?"

어머니가 핀잔을 주면 아버지는 너털웃음을 웃으며 대답했다.

"이게 경상도 사내 사랑 아이가. 오늘 교무실에서 운동장을 내다보는데 어떤 아이가 철봉대에 발끝을 걸치고 재주를 부리는기라. 참 기특한 아이다 했는데 가만 보니 우리 성기인기라. 허허허."

236

국민학교 2학년 무렵 아버지가 나를 서면 동보극장에 데려간 적이 있었다. 마침 리처드 버튼이 주인공으로 나오는 「알렉산더 대왕」이 상영되고 있었다. 극장 앞에 걸린 광고판에는 말을 탄 멋들어진 알렉산더 대왕의 모습과 전투 장면이 총천연색으로 널찍하게 그려져 있었다. 영화를 보기 전인데도 그 웅장한 광경에 심장이 두근거렸다.

영화가 시작되기 직전에 극장 불이 다 꺼졌다. 세계가 종말을 고하고 온 세상의 문이 닫힌 듯했다. 그 깜깜한 어둠을 깨치고 알렉산더 대왕이 어떤 모습으로 홀연히 나타날지 숨을 죽이며 기다렸다.

영화를 보는 내내 리처드 버튼이 연기한 알렉산더 대왕에 매료되었다. 아들 알렉산더를 통해 권력을 행사하려는 어머니와 의심 많은 아버지 사이에서 갈등하면서도 알렉산더는 그리스 전역을 정복하고 영토를 넓혀나간다.

아버지가 왜 그 영화를 보러 왔는지, 왜 나를 데리고 왔는지 그 이유를 알 것 같았다. 사나이 중의 사나이, 알렉산더 대왕의 웅혼한 기백을 본받고 싶고 또 본받게 하고 싶었을 터이다.

"경상도 사내 사랑 아이가."

영화를 보고 온 그날 밤에도 아버지는 약주를 마시고 나에게 턱수염으로 '경상도 사내 사랑'을 보여주었다.

42

적산가옥 집에서 성동국민학교 가는 길은 아기자기했다. 동네 골목을 지나 둑길로 올라서면 펼쳐진 밭들 옆으로 좁은 길이 이어졌다.

그 밭길을 따라가다 보면 다른 동네 골목으로 들어서게 되었다. 가지런한 적산가옥 동네에 비해 그 동네는 어수선하기 그지없었다. 각종 음식 쓰레기와 딱딱한 연탄재들이 골목에 나뒹굴고 있고 난데없이 큰 개가 튀어나오기도 했다. 그 동네를 벗어나 신작로를 따라가면 국민학교 올라가는 황톳길이 나타났다.

학교를 오고갈 때 가장 큰 문제는 무시무시한 불독이 가죽끈에 묶여 있는 집 앞을 지나가는 일이었다. 집 대문이 닫혀 있으면 그나마 다행이지만 대문이 열려 있는 날이면 대문 가까이 있는 개집에서 불독이 금방이라도 가죽끈을 끊고 달려들 것만 같아 두렵고 조마조마한 마음으로 걸음을 조심조심 옮겨야만 했다.

내가 학교 가는 시간에 내 또래 소녀가 앞서가는 적이 왕왕 있었다. 걸음을 빨리하여 앞서갈 수도 있었지만 일부러 걸음을 늦추어 소녀를 뒤따라가기 좋아했다. 옷매무새는 말할 것도 없고 땋은 머리가 흔들리는 모양이라든지 어깨에 멘 가죽 가방의 꽃무늬라든지 사분사분 걸어가는 걸음걸이를 뒤에서 구경하는 재미가 쏠쏠했다.

그 소녀는 불독 집 앞을 지날 때도 아무 일이 없는 듯 덤덤하게 걸음을 내디뎠다. 그럴 때는 소녀의 용기에 힘입기라도 하듯 소녀와의 거리를 좀더 좁히기도 했다.

3학년 무렵 어느 날 오후반 수업 때 배탈이 나서 일찍 조퇴를 하고 나 혼자 학교에서 집으로 돌아왔다. 불독 집도 무사히 통과하고 패랭이꽃들을 뜯으며 밭길을 걸어 적산가옥 동네로 들어섰다.

우리집 현관 미닫이문을 조용히 열고 들어섰다. 그 시각쯤에는 아버지도 출근하고 없고 어머니도 마실 나가 없을 거라 생각하고 현관께에서 '학교 다녀왔어예' 인사도 하지 않았다.

부엌방을 지나 안방으로 들어섰다.

그 순간, 어머니 배 위에 엎드려 있던 아버지와 눈이 마주치고 말았다. 아버지가 홑이불을 걷어차고 후다닥 박차고 일어나 쏜살같이 잠옷 바지를 치켜올렸다. 나도 재빨리 고개를 돌려 외면해주었다.

"어, 학교 갔다 왔나? 우짠 일로 빨리 왔노?"

아버지는 툇마루로 나가 서서 짐짓 시치미를 뗐다. 어머니도 급히 일어나 머리를 다듬고 옷을 주섬주섬 입으며 아무 일이 없었다는 듯 부엌으로 나갔다.

나는 방금 무슨 일이 벌어졌는지 알고 있었으나 나 역시 시치미를 뗐다. 무슨 일이 벌어졌는지 알 수 있었던 건 학교 근처에 주둔하고 있는 미군들 덕분이었다.

미군들은 종종 동네 뒷산, 우리가 행강산이라 부르는 황령산으로 아가씨들을 데리고 와 무덤 뒤편에서 그 짓을 하곤 했다. 우리에게 들키면 미군은 우리를 손짓으로 불러 초콜릿 같은 미제 과자를 건네며 망을 서달라고 부탁하기도 했다. 따로 학교에서 성교육을 받을 필요가 없었다. 미군이 직접 현장실습을 통해 다 가르쳐주었다.

그 이후 아버지가 어머니 배 위에서 튀어 일어나는 일은 한 번도 없었다.

내가 결혼한 후에도 그 일이 종종 생각나서 아내와의 교합이 아이들에게 들키지 않도록 조심했다. 단칸방에 살 때는 아이들이 다 잠들기를 기다렸다가 은밀히 그 일을 추진했다.

그런데 어느 날 밤, 아내와 몸을 합하고 있는데 바로 옆에 자던 둘째 딸아이가 느닷없이 벌떡 일어나 앉아 노래를 부르기 시작했다.

"꽃밭에는 꽃들이 모여 살고요."

아내와 나는 깜짝 놀라 서로 몸을 떼고 딸아이를 바라보았다. 딸아이는 다행히 눈을 감고 있었다. 잠결에 일어나 앉아 유치원에서 배운 노래를 꿈속에서 복습하고 있었던 것이었다.

그 이후 아내와 나 사이에 암호가 생겼다. 불현듯 아내를 안고 싶을 때 내가 아내에게 귓속말을 했다.

"우리 '꽃밭에는 꽃들이' 해요!"

그럴 적마다 아내의 팔꿈치에 내 허리가 꾹 찔리기 일쑤였다.

43

아버지가 교회에 나가기 시작했다는 소식은 나에게 충격이었다. 자살 시도까지 했던 어머니가 지인의 전도를 받고 먼저 동네 교회에 나가고 그다음 아버지가 어머니를 따라 교회에 나갔다.

생전 처음 교회 예배에 참석한 아버지는 목사가 설교하는 도중에 온 교회가 떠나가도록 큰 소리로 통곡했다. 예배를 방해할 만큼 울부짖었기 때문에 목사와 교인들이 당황할 정도였다. 그 소식을 어머니를 통해 듣고 아버지의 통곡의 의미가 무엇인지 의아하지 않을 수 없었다.

아들이 빠지고 있는 기독교에 그토록 반감을 가졌던 아버지가 하루아침에 목사의 설교를 듣고 감동을 받았을 리는 없었다. 식구들이 길거리에 나앉다시피 하고 딸까지 가출하여 소식이 없고 무능한 가장으로서 어쩔 도리가 없는 상황에서 교회에 나와 있는 자신이 너무도 원통하고 기가 막혀 통곡했을 것이었다.

나중에 괴정동으로 이사간 후에 아버지는 동대신동에 있는 '서부교회'에 다니기 시작했다. 서부교회는 1949년 3월에 한센병 환자들의 아버지 손양원의 동생 손의원을 중심으로 설립되었다. 그다음 김창인이 담임목사로 시무하고 1952년 전쟁 중에 백영희가 교회를 맡게 되었다.

백영희는 고려신학교를 졸업하고 강도사가 되었으나 2년 후에 해임되고 고신교단에서도 제명되었다. 나중에 교회는 백영희가 따로 만든 예수교장로회 한국총공회 교단에 속하게 되었다.

그 교단은 신사참배에 끝까지 반대했던 고신파보다 더 보수적이었다. 남녀칠세부동석을 철저히 지키고 찬송가 책도 일반 교회와는 달리 백영희가 직접 편집한 다른 찬송가 책을 사용했다. 교회 악기도 오르간과 피아노로만 제한하고 성가대도 운영하지 않았다.

이렇게 보수적인 교단인데도 주일학교 아동부 아이들이 3만 2,000명으로 세계에서 제일 많아 기네스북에 등재되기도 했다. 이 기이한 현상을 『조선일보』 조갑제 기자가 취재하여 기사화하기까지 했다.

나도 부산에 들렀을 때 소문난 백영희의 설교를 직접 들어 본 적이 있었다. 과연 소문에 듣던 대로 명설교라 할 만했다. 그 흔한 예화 하나 없이 성경 본문만 깊이 파고드는 통찰력이 예리했다. 백발노인이 꼿꼿하게 서서 까랑까랑한 목소리로 성경을 해석해나갈수록 맑은 샘물이 흘러나오는 듯 속이 시원해졌다. 한국 교회의 문제점이나 시국 문제를 언급하지는 않았으나 성경 구절 자체가 날카로운 빛이 되어 시대의 어둠을 드러내는 것 같았다.

백영희의 카리스마는 일반 교회 목사들과는 확연히 달랐다. 아버지가 많은 교회 중에 서부교회를 택한 이유를 알 것도 같았다. 어떻게 보면 내가 속했던 선교단체보다 더 엄격한 교회인데 아버지가 출석을 결심했다니 부전자전, 아니 자전부전인가.

백영희의 사위 서영준은 부목사로 시무하고 있었는데 희한하게도 나와 서울법대 동기 동창이었다. 법대 다니는 동안 나는 선교단체에 빠지고 서영준은 서부교회에 빠졌던 것일까.

아버지는 설교 노트를 마련하여 주일예배 설교를 필체 좋은 글씨로 요약해나갔다. 아내가 나와 결혼한 후 1년 반 가까이 독일 병원에서 좀더 근무하는 동안, 아버지가 성경 구절을 인용해가며 며느리에게 편지를 보내기도 했다.

편지 맨 앞에 인용한 성경 구절은 마태복음 6장 26절이었다.

"공중의 새를 보라 심지도 않고 거두지도 않고 창고에 모아들이지도 아니하되 너희 천부께서 기르시나니 너희는 이것들보다 귀하지 아니하냐"

마지막에 인용한 구절은 베드로전서 1장 24절, 25절이었다.

"그러므로 모든 육체는 풀과 같고 그 모든 영광이 풀의 꽃과 같으니 풀은 마르고 꽃은 떨어지되 오직 주의 말씀은 세세토록 있도다"

'모든 영광이 풀의 꽃과 같고 풀은 마르고 꽃은 떨어지듯' 1979년 10월 26일 박정희의 영광이 말라버리고 말았다.

11월 3일 박정희 대통령의 국장이 엄수되었다.

국장이 있던 날, 아내와 나는 아침부터 라디오에 귀를 기울이고 있다가 아예 집을 나서 버스를 타고 노량진 쪽으로 나가보았다. 노량진에서 동작동 국립묘지로 꺾이는 지점에 얕은 동산이 하나 있었다. 아내와 나는 어느 집 울타리를 끼고 돌아동산 위로 올라가 앉았다. 한강 줄기와 제1한강교, 연도를 가득 메운 인파가 훤하게 내려다보였다.

12시 20분에 중앙청을 출발했다는 영구차는 한참을 기다려도 나타나지 않았다. 아내와 나는 동산에 가득 핀 들국화와 억새풀을 꺾기도 하며 시간을 보냈다. 드디어 저쪽 다리 끝에 대통령의 대형 초상화가 나타났다. 그것은 서서히 참으로 서서히 다가오고 있었다.

그 뒤를 영정 선도차가 따르고, 그다음 붉은 상의에 하얀 바지를 입고 머리에는 깃털 모자를 쓴 100여 명의 사관생도가 엄숙하게 뒤따르고 있었다. 사관생도들의 옹위 속에 7만 2,000송이의 노란 국화, 하얀 국화, 빨간 국화로 뒤덮인 영구차가 미끄러지듯 국립묘지로 향하고 있었다. 영구차 앞쪽과 양편에는 대형 유리창이 박혀 있어 태극기에 싸인 대통령의 관을 누구나 볼 수 있도록 해놓았다.

영구차에는 상주인 대통령의 아들과 두 딸이 타고 있었고, 영구차 뒤로는 온통 검은 양복을 입은 유족 대표와 국장위원, 친족 대표, 특별보좌관, 수석비서관, 경호실 직원 들이 긴 행렬을 이루어 걸어오고 있었다. 장례 행렬은 적어도 300미터는 될 듯싶었다.

검은 안경을 쓰고 아버지를 잡아갔던 장군이 이제 검은 상복喪服들에 둘러싸여 묘지로 향하고 있었다.

대통령 국장을 치르고 나서 이틀 후 부산에서 전보가 날아왔다.

'부친 위독.'

나는 하루 정도 시간을 내어 부산으로 내려갔다. 그때까지도 거리에는 박정희 대통령 서거를 애도하는 근조 현수막들이 여기저기 걸려 있었다.

아버지는 자신의 인생을 송두리째 무너뜨린 박정희에 대한 복수심을 안고 살아왔을 텐데 복수의 대상이 사라지자 곧바로 자신도 쓰러지고 말았다.

나는 지금까지 내 인생의 대부분을 지배해온 두 개의 권위가 이렇게 거의 비슷한 시기에 함께 스러져가는 사실에 내심 놀랐다.

송도 복음병원을 찾아가니 하루 전에 위천공 수술을 받은 아버지가 중환자실에 입원해 있었다. 아버지 코에는 호스 두 개가 박혀 있었고 팔뚝에는 링거 주사 줄이 어지러이 꽂혀 있었다.

아버지는 내가 병실로 들어서자 왈칵 눈물을 쏟았다. 아버지가 평소에 내 앞에서 눈물을 보인 적은 거의 없는 편이었다. 곁에 서 있던 간호사가 손수건으로 아버지의 눈물을 닦아주며, 환자에게 충격이 되지 않도록 해달라고 나에게 조용히 주의를 주었다.

아버지는 그런 중에도 비상사태가 선포된 시국과 서울 형편에 대해 더듬더듬 물었다.

"일이 나면 말이다, 부, 부산으로 곧장 내려오거라."

나는 아버지가 말하는 '일'이 전쟁을 의미함을 금방 알아차렸다. 아버지는 수술한 복부에 통증이 몰려오는지 얼굴을 잠시 찡그렸다가 한숨을 내쉬며 간신히 말을 뱉었다.

"씨, 아이, 에이… 씨, 아이, 에이…"

"네?"

나는 무슨 말인지 잘 몰라 아버지 얼굴께로 고개를 숙였다.

"씨, 아이, 에이에서 아마 대통령을."

비로소 아버지의 말뜻을 알아차리고 내가 얼른 제지했다.

"그게 아니라 김재규 단독 범행이랍니다."

"그, 배후에 말이다."

아버지는 역사의 배후에 도사리고 있는 무시무시한 어둠을 본능적으로 감지하고 있음에 틀림없었다.

"일이 나면 말이다, 부, 부산으로 곧장 내려오거라."

아버지는 자신이 위독한 중에도 거듭 나와 내 식구들의 안녕을 염려하고 있었다.

"아부지, 제가 기도를 해드릴게예."

나는 눈물을 흘리지 않으려고 어금니를 악물며 기도할 자세를 취했다. 아버지도 가만히 눈을 감았다.

나는 아버지가 하나님을 믿게 된 사실에 감사하며 아버지를 속히 병상에서 일으켜주시기를 기도했다.

"예수 그리스도의 이름으로 기도합니다. 아멘."

"아멘."

아버지도 같이 화답했다.

"아부지도 기도하이소."

내가 권하자 아버지는 고개를 가만히 저었다.

"나는 죄가 많아서."

"예수께서 우리 죄를 용서하기 위해 십자가에 달리신 거 아시지예? 죄가 많기에 오히려 기도를 더 해야 합니더."

내가 다시 강권하다시피 하자 아버지가 눈을 감고 한마디 한마디 기도하기 시작했다.

"하나님 아버지, 저는 죄 많은 죄인입니다. 아버지."

아버지가 또 다른 아버지를 부르고 있었다.

"제가 지금까지 지은 모든 죄를 용서해주십시오. 흐으흑."

아버지는 상체가 들썩일 정도로 흐느끼다가 겨우 기도를 이어갔다.

"저를 살려달라고 기도하지는 않겠습니다. 당신 뜻에 맡기오니 뜻대로 하십시오. 흐으흑."

아버지는 또 흐느꼈다.

"예수님의 이름으로 기도합니다, 라고 하이소."

나의 말에 아버지는 유치원 아이처럼 고분고분 그대로 따라 했다.

"예수님의 이름으로 기도합니다. 아멘."

"아멘."

그 기도가 아버지와 내가 일생 동안 처음이자 마지막으로 함께 드린 기도였다.

나는 기도를 마치고 눈을 뜨면 눈꺼풀 안에 고여 있는 눈물이 주르르 떨어질 것을 알고 눈을 계속 감고 있었다.

44

"성이야, 나 좀 살려다고."

아버지의 마지막 말이었다. 막내 여동생 성이는 아버지가 임종할 무렵 간호사로 부산 송도 복음병원에 근무하고 있었다.

아버지는 수술 후 집에서 두 달 정도 요양을 하다가 또 쓰러져 복음병원으로 다시 실려갔다. 하얀 천에 뒤덮여 수술실로 들어가면서 뒤따라오는 성이를 향하여 아버지는 가느다란 목소리로 살려달라고 애원했다.

의사들이 수술실에서 아버지의 복부를 열었을 때는 이미 아버지의 인생은 닫히고 말았다.

아버지의 마지막 말이 다른 현인들처럼 멋지지 않다는 사실이 서운했지만, 가만 생각해보니 '나에게 좀더 빛을' 어쩌고 했다는 어느 현인의 마지막 말 역시 '나 좀 살려다고'라는 뜻이 아닌가 싶었다. 오히려 아버지가 솔직하게 표현했다는 생각이

들기도 했다.

　나는 토요일 오후에 '아버지 사망' 부고를 받고도 선교단체 주일예배 때문에 곧바로 내려가지 못했다. 그 무렵 선교단체 스태프로 신림동 서울대 앞에서 개척 모임을 이루어가고 있었는데, 학생 회원은 단 한 명뿐이었다. 교인이 한 명뿐인 주일예배였지만 예배를 인도하는 책임을 저버릴 수 없어 월요일 아침에야 아내와 함께 부산으로 내려갔다.

　아내와 함께 통일호 기차를 타고 가면서 결혼식 마치고 일주일 후 야간열차 침대칸을 타고 부산으로 가던 일을 떠올렸다.

　결혼 직후 선교단체 스태프 수양회에 참석하고 나서 아내와 나는 따로 신혼여행을 가기보다 부산 집을 들르고 아내의 친정이 있는 부여를 들르는 여정으로 신혼여행을 대신하기로 했다.

　우선 부산으로 내려가기 위해 야간열차 침대표를 샀다. 침대칸을 타면 나란히 누울 수 있고 그때 처음으로 아내의 손을 잡아볼 수도 있겠다 싶었다. 그런데 막상 침대차에 들어가니 각각 격리된 채 한 사람이 한 칸씩 사용하도록 되어 있었다. 둘다 이층 침대칸이었지만 나는 이쪽 칸에 들고 아내는 통로 건너 저쪽 칸에 들어야만 했다.

나는 침대차 의자도 일반석처럼 되어 있어 나란히 의자를 뒤로 젖히기만 하면 더블 침대가 되는 줄 알았다. 그런데 침대 칸들이 분리되어 있어 아내의 손을 잡아보려는 계획은 여지없이 수포로 돌아가고 말았다.

나는 비닐 커튼을 친 이쪽 칸에 틀어박혀 누워서 도통 잠을 이룰 수 없었다. 결혼식을 올린 지 벌써 일주일이 넘어가는데 그때까지 아내의 손 한 번 잡아보지 못하고 이처럼 좋은 기회에도 격리되어 있는 상황에 부아가 스멀거렸다.

하지만 지금은 아침 기차를 타고 가면서 무거운 표정을 하고 있는 아내의 손을 꼭 잡아줄 수 있었다.

점심 무렵 복음병원 장례식장에 도착하니 내일이 발인이라고 했다. 장남이 발인 전날 내려왔으니 마지막까지 불효를 한 셈이었다. 외삼촌뻘 친척 아저씨는 내가 내려오면 멱살을 잡고 혼을 내주겠다고 벼르고 있었으나 막상 나를 보자 그냥 껴안고 울음을 터뜨렸다.

어머니도 나를 보자 울먹이며 주먹 쥔 두 손으로 내 가슴을 두드렸다.

"인제 내려왔네. 인제 내려왔어."

나도 함께 울먹이며 물었다.

"크, 큰집에는 연락했습니까?"

어머니 얼굴이 살짝 굳어졌다. 큰집은 고향에서 굴 양식 사업을 하다가 크게 실패하고 빚을 감당할 길이 없어 어디론가 잠적해버린 지 오래였다.

"어디 있는 줄 알아야제. 삼랑진 근방에 사는 걸 보았다는 사람도 있다던데… 어떻게 해서 연락이 갔는지도 모르제."

어머니는 힘없이 말끝을 흐렸다.

아내와 나는 아버지 영정 사진 앞으로 가 무릎을 꿇고 눈을 감았다. 내 눈에서 참았던 눈물이 하염없이 흘러내렸다.

병풍 뒤에는 입관을 마친 관이 놓여 있었다.

나는 아버지의 돌아가신 모습을 보지 않고 병상에서 함께 기도했던 아버지를 마지막 모습으로 기억할 수 있어서 오히려 다행스럽게 여겼다.

어머니는 서서히 소리를 높여 다시 통곡하기 시작했다. 여동생과 남동생, 매제 들도 눈물을 훔치며 숙연히 고개를 숙이고 있었다.

어머니는 눈물을 닦으며 일어나 병풍 옆에 개켜져 있는 상복을 집어 아내와 나에게 나눠주었다. 나는 효건을 머리에 쓰고, 양복을 입은 그 위에 상복을 코트처럼 걸쳐 입었다. 그다음 요질로 허리를 묶었다. 그때였다.

"인식아!"

"삼촌!"

어디서 알고 왔는지 큰아버지와 큰어머니, 사촌 형이 병풍 앞으로 달려와 쓰러졌다.

큰어머니는 곧 일어나 어머니와 손을 맞잡고 어색한 인사를 나눴지만, 큰아버지와 사촌 형은 계속 소리 높이 울었다. 그들은 근 10년 만에 나타나 그렇게 쓰러져 울고 있었다.

이전에 아버지 동지였던 전현직 교사들도 조문을 와서 나와 인사를 나누었다.

"아버님이 우리를 위해 싸우다가 고생만 하고 가신 것 같아 마음이 참 아프네."

아버지 동지들의 눈가도 축축이 젖어 있었다.

45

다음 날 아침 아버지 관을 실은 장의차에 가족과 친척들이 올라탔다. 검은 줄이 쳐진 자그마한 하얀 장의차에는 꽃송이 하나 꽂혀 있지 않았다.

장례 일을 도와줄 아버지 출석 교회 장로와 교인들은 뒤쪽 마이크로버스에 올랐다. 나머지 조문객들은 김해 장지까지 따라오지 못하고 발인예배를 마치고 돌아갔다. 아버지의 동지들도 멀어져가는 장의차를 향해 오래도록 손을 흔들었다.

장의차와 마이크로버스는 부산을 빠져나와 살얼음이 깔린 낙동강을 끼고 달리다가 구포 다리를 건넜다. 다리를 건너자 국도는 훨씬 한산해졌다.

장의차에 탄 사람들은 아무도 입을 열지 않았다. 큰아버지가 유독 다른 사람보다 더 자주 눈물을 훔쳤다.

나는 차창 밖으로 스쳐 지나가는 풍경들을 보면서, 어릴 때 부산에서 고향으로 버스를 타고 가던 기억을 떠올렸다. 할머니 무덤가에 엎드려 소리 높여 통곡하던 일도 떠올랐다. 나무들이 즐비한 들판을 달릴 때 문득 고향의 밤나무골이 생각났다.

아버지가 고성 서외리 들판으로 내 손을 잡고 걸어갔다. 논밭이 펼쳐져 있고 중간중간 키 큰 나무들이 서 있었다. 논길 밭길을 지나 아버지가 나를 밤나무 아래로 데려가 앉혔다. 나뭇가지로 땅바닥을 긁어가며 내 이름 한자를 가르쳐주었다.

"나라 조는 이렇게 쓰는기다."

아버지가 '나라 조'를 그려나갔다.

"이걸 쓰고 나서 그다음, 밑에서 선을 길쭉하게 긋는기라."

그때 아버지가 기찻길이라고 했는지 기차라고 했는지 아무튼 기차 운운한 것 같다. 기차가 지나가듯 선을 그어야 한다는 뜻이었을 게다.

아버지가 내 한자 이름을 가르쳐준 장면이 나에게 최초의 기억으로 남아 있는 셈이었다.

내 이름 안에 나라 하나가 들어 있었다.

'나라 조'의 길쭉한 밑줄이 좀 울퉁불퉁했지만 그래도 그동안 내 인생을 시나브로 떠받쳐온 것 같기도 했다.

장의차는 국도에서 폭이 좁은 비포장도로로 접어들었다. 차
가 조금씩 덜커덩거렸다. 장의차는 싱싱한 보리가 파릇파릇
자라고 있는 넓은 김해평야를 양편에 끼고 달리다가 산비탈
길을 오르기 시작했다.

저 멀리 무덤 봉우리들이 보였다. 바람은 아침보다 훨씬 가
라앉았고 산과 들에는 밝은 햇빛이 쏟아지고 있었다. 장의차
뒤로는 마이크로버스가 일정한 간격으로 계속 따라오고 있었
다. 마이크로버스에서는 교인들이 함께 부르는 찬송가 소리가
은은히 흘러나왔다.

어머니는 뒤차가 잘 따라오고 있는지 차창 너머로 마이크
로버스 쪽을 자주 돌아보며 곁에 앉은 나에게 속삭이듯이 말
했다.

"너거 아버지 처음으로 교회 갔던 일, 나 이 얘기 했었나?"

"네, 전에 한 번 얼핏 하신 적이 있어예."

"참 데리고 가기 힘들었제. 그렇지만 너거 아버지 인생을 생
각하면 안쓰러워 견딜 수 있어야제. 맏아들 놈한테 큰 기대 갖

고 대학 공부까지 쎄가 빠지게 시켜놓았더니 그놈은 그만 종교에 미쳐버렸지, 사회에서는 용공분자라고 버림받은 폐물이 되었지, 전 재산 큰집 때문에 다 날려버렸지, 너거 아버지 완전히 마 불쌍한 인간이 된기라. 그래 억지로 교회에 끌고가다시피 안 했나. 그런데 말이지 전에도 얘기했지만 첫날 목사 설교 듣는 중에 너거 아버지가 그냥 방성대곡한기라. 목사도 놀라고 교인들도 다 놀래버렸제. 세상에, 세상에 그렇게 크게 우는 거 처음 봤제. 30년 같이 살았는데 너거 아버지 그리 우는 거 내사 처음 본기라. 육이오 사변 났을 때 사변 났다는 소문 듣고 이 민족 어쩌고 하면서 소리 높여 운 적이 있었는데 그때보다 더 크게 우는기라. 나는 막 당황했제. 그러자 목사가 설교하다 말고 찬송가를 부르자고 해서 온 교인이 찬송을 안 불렀나. 그래도 수백 명 찬송소리보다 너거 아버지 울음소리가 더 크게 들렸제. 교인들은 목사 설교보다 너거 아버지 울음소리에 더 감동을 받은기라. 찬송을 부르며 다들 눈물을 흘렸제. 나도 마 울어버렸제."

어머니는 말을 잠시 멈추고는 눈물을 훔치면서 뒤쪽 마이크로버스에서 흘러나오는 찬송소리에 귀를 기울였다.

나도 찬송소리에 귀를 기울였으나 장의차 엔진소리에 섞여 잘 들리지 않았다. 하지만 어떤 곡조인가는 분명히 알 수 있었다.

하늘 가는 밝은 길이
내 앞에 있으니
슬픈 일을 많이 보고
늘 고생하여도
하늘 영광 밝음이
어둔 그늘 헤치니
예수 공로 의지하여
항상 빛을 보도다

내 눈앞에 찬송소리 속에서 흐느껴 통곡했다는 아버지의 모습이 선명하게 떠올랐다. 아버지는 이제 통곡을 그치고 찬송소리 속에 고요히 누워 하늘 길을 가고 있었다.

"모든 눈물을 그 눈에서 씻기시매 다시 사망이 없고 애통하는 것이나 곡하는 것이나 아픈 것이 다시 있지 아니하며 처음

것들이 다 지나간" 그 밝은 곳으로 가고 있었다.

용공이니 공산이니 민주니 반공이니 하는 것들도 일절 없는 그 무한자유의 세계로 가고 있었다.

아버지의 장지는 김해 장유에 있는 교회 묘지였다. 아버지 출석 교회 장로와 교인들이 하관식을 비롯한 장례 절차를 수고를 아끼지 않고 감당해주었다.

아버지는 수많은 '성도지묘'聖徒之墓 틈에 끼어 묻혔다. 아버지가 죽음을 준비하며 통독했다는 성경도 아버지와 함께 묻혔다.

46

아버지의 유품으로 내가 아직까지 소중하게 가지고 있는 것은 작은 노트 한 권과 스크랩북 한 권이다. 작은 노트는 성경 묵상일기였다. 예배 시간에 들은 설교 내용 같은 것들이 주로 적혀 있었다.

아버지가 돌아가시기 5일 전, 그러니까 1980년 1월 6일 일기가 마지막 기록으로 남아 있었다. 그날은 일요일인 것으로 보아 주일예배에서 들은 내용을 기록한 것이 분명했다.

아버지가 생애 마지막으로 드린 주일예배.

설교 본문은 이사야 26장이었다.

"그날에 유다 땅에서 이 노래를 부르리라 우리에게 견고한 성읍이 있음이여 여호와께서 구원으로 성과 곽을 삼으시리로다 너희는 문들을 열고 신信을 지키는 의로운 나라로 들어오게 할지어다 주께서 심지가 견고한 자를 평강에 평강으로 지키시리니"

굳센 의지는 의義와 신信을 근거로 삼아야 한다는 내용이 일기에 기록되어 있었다. 의와 신을 뿌리로 삼아 굳건히 서 있는 평강의 나무에 영원한 희락의 열매들이 맺힌다고 했다.

아버지는 이러한 열매들을 맛보고 영원한 안식으로 들어간 것일까.

돌아가시기 5일 전 글씨인데도 또박또박하여 기력이 쇠한 흔적이 전혀 없었다. 하긴 사람은 명료한 의식 가운데서도 갑자기 죽기도 하는 법이었다.

"성이야, 나좀 살려다고" 한 아버지의 마지막 말과 함께 아버지의 마지막 글을 유언으로 삼기로 했다.

"영원한 평강, 이 평강은 어떤 나무에 맺어지는가. 굳센 의지의 나무에 맺어지는 것이다."

아버지가 남겨놓은 스크랩북은 비닐 봉투식으로 되어 있었다. 맨 첫 봉투에는 아버지의 이력서와 제15회 사법시험 응시표, 신문 쪼가리들이 들어 있었다.

1952년부터 시작된 아버지의 고시 응시는 20년이 지난 1972년까지도 계속된 모양이었다.

응시번호 '나373호', 나이는 48세로 기록되어 있었다. 합격할 가망이 전혀 없는데도 응시하고 또 응시하고 또 응시한 시지프스의 고집.

아버지는 자신을 채찍질하기 위해선지 조선시대 고령의 나이로 과거에 급제한 김효흥에 관한 일화가 실린 신문을 오려 응시표와 함께 봉투에 넣어두었다. '이야기 실록'이라는 제목의 칼럼으로 556호나 진행된 것으로 보아 꽤 오래 인기리에 연재되었던 모양이었다. 유봉영이라는 필자가 조선왕조실록에서 뽑아 간단히 정리한 글이었다.

"성종 20년 4월 문과시에 김전 등 33명이 급제했다. 정산 사람 김효흥은 나이 76세인데 이에 포함되어 있다. 김효흥은 비록 늙었지만 쇠약하지 않고 이목이 총명해서 장년과 다를 바 없다. 다음 날 왕이 전지傳旨하기를, '듣건대 지금 칠십의 늙은 선비가 급제했다고 한다. 칠십 나이에도 학업을 폐하지 않았으니 그 뜻이 대단히 가상하다. 내가 등용코자 한다'고 했다."

스크랩북의 맨 첫 봉투와 맨 뒤 봉투 사이에 있는 수십 장의 봉투 속에는 주로 내가 군복무 시절에 아버지와 어머니, 동생들에게 볼펜으로 써서 보낸 편지들이 보관되어 있었다. 그 편지들을 아버지가 정성스럽게 모아두지 않았더라면 편지 내용은 말할 것도 없고 그런 편지를 보낸 사실조차 까맣게 잊어버릴 뻔했다.

편지들은 처음에는 비교적 밝은 색조를 띠고 있다가 집안 형편이 어려워짐에 따라 점점 무거워지고 있는 것을 볼 수 있었다. 어떤 편지들은 어머니의 자살을 막으려고 애를 쓰는 듯이 다급한 어조로 적어나가고 있었다.

또 하나의 노트가 있었는데, 이사를 다니다가 그만 아깝게 잃어버렸다. 그 잃어버린 노트에 적혀 있던 인상적인 문구 하나는 늘 기억에 남아 있다.

"위에 계신 분을 사랑하는 것은 그분의 사랑을 잘 받는 것이다."

이 구절은 물론 신의 사랑과 관련된 말이겠지만, 부모의 사랑에도 적용할 수 있다. 이 구절에 의하면, 자식이 부모를 사랑한다는 것은 부모에게 무엇을 해준다는 의미보다는 부모의 사랑을 잘 받아들인다는 의미가 되었다.

그런데 나는 아버지의 사랑을 받아들이는 일을 잘하지 못했다. 나에 대한 아버지의 관심이 늘 부담스러워 틈만 나면 아버지의 품에서 벗어나려고 했다. 고등학교 때 혼자 서울로 올라온 것도 그런 마음이 많이 작용했다.

그리고 계속해서, 아버지는 나를 자신의 꿈을 대신 이루는 도구로만 여기고 있다고 단정지었다. 아버지의 마음속에 그보다 더 깊은 차원의 사랑이 있다는 사실을 인정하지 않으려 했다.

아버지의 기대와는 점점 다른 방향으로 나아가면서 그런 생각은 더욱 굳어졌다. 나 자신을 합리화시키기 위해서도 그렇게 해야만 했다.

하지만 아버지는 내가 아버지의 뜻과는 먼 길을 감에도 불구하고 여전히 나를 사랑했음에 틀림없었다. 내가 끈질기게 아버지의 사랑을 거부한 것은 다르게 표현하면 사랑받는 아픔을 회피하고자 했기 때문이었다.

사랑받는 아픔.

사랑을 주는 데도 아픔이 따르지만 사랑을 받는 데도 아픔이 있는 법이다. 한 사람으로부터 사랑을 받는다는 것은 그 사람과의 관계에서 전 존재의 변화를 의미하므로 존재가 변화하는 진통이 반드시 있게 마련이다.

인간들이 신의 사랑을 거부하는 것도 사랑받는 아픔, 다시 말해 존재의 변화에 따르는 아픔을 감당하고 싶지 않기 때문인지도 모른다.

아버지가 세상을 떠나고 나서야 아버지의 사랑을, '사랑받는 아픔'에도 불구하고 기꺼이 받기를 원하지만 이미 때가 늦어버렸다.

'광시곡'으로 그린 아버지 초상

• 작가의 말

  화가가 고향을 그린 그림들을 보면 같은 소재와 공간인데도 20대, 30대, 40대에 그린 그림들이 각각 다르다. 50대, 60대 작품들도 말할 필요가 없다. 작가도 어린 시절 추억에 대한 묘사와 의미 부여가 나이가 들어갈수록 달라진다.

  마르셀 프루스트도 13년 동안 두문불출하며 『잃어버린 시간을 찾아서』라는 거대한 용광로에 그동안 발표했던 원광석 같은 모든 작품들을 몰아넣어 용해하고 새롭게 제련했다. 지나온 인생과 기억들에 대해 재해석과 재구성이 필요했던 것이다.

  우리 인생의 영원한 화두인 아버지에 대한 회상도 마찬가지다. 나이가 들어감에 따라 아버지를 기억하는 내용이 약간씩 달라지고, 의미 부여와 아버지에 대한 감정은 현저히 달라진다. 그동안 소설 작품들을 통해 허구가 섞인 아버지 이야기를 여기저기 단편적으로 흩어놓았는데 그 대목들도 나이에 따라 표현이 달라짐을 보게 된다.

이번에 아버지 일생을 총체적으로 정리하는 작업을 위해 흩어진 자료들을 모아 새 관점에서 의미를 부여하고 허구가 섞인 부분을 들어낸 후 새로 서술하고 묘사해나갔다. 무엇보다 아직 다루지 않은 아버지에 대한 많은 추억을 마음 깊숙이에서 새롭게 발굴하여 색다른 구성에 맞는 문체에 따라 질박하게 표현하려고 했다.

아버지와 연관된 지난 시절의 기억은 무겁고 아픈 구석이 있다 해도 결국 그리움의 색채로 그려진다.

이번에는 독특하게 일종의 '페북소설'로 페이스북에 연재했는데 의외로 페친들의 반응이 뜨거워 출간 제의들도 들어오고 결국 책으로 출간하게 되었다.

많은 페친의 격려가 고마웠는데 오유정 페친의 전체 연재에 대한 독후감이 인상적이었다.

"이분이 신들린 듯 쓰시는구나. 나도 매회마다 신들린 듯 읽고 있는데… 어쩜 이 연세에 글을 이렇게 술술 맛깔나게 쓰실까."

사실 나도 젊을 때보다 글이 더 '맛깔나게' 술술 나와 기이

한 현상이다 싶었다.

몸이 아플 때는 더 이상 글을 쓸 수 있을까 좌절감도 느꼈지만, 페친들과 독자들의 격려로 일 년 만에 또 한 권의 장편을 출간하게 되어 감사하다.

이 작품은 소설 양식을 빌린 실제 자서전으로, 아버지의 초상을 점묘화 기법으로 그린 셈이다. 음악 용어를 빌리면 '광시곡' 기법으로 아버지에 대한 회상을 시간 순이 아니라 자유연상으로 펼쳐나갔다. 한 단락이 엽편소설처럼 하나의 짧은 이야기로 완결되도록 했다.

독자들은 차례대로 읽지 않고 무작위로 어느 페이지나 펼쳐 읽어도 무방하다. 점묘화처럼 각 부분들이 조화를 이루어 전체를 이루게 될 터이다.

1995년 7월 어느 날, 광기의 시대를 살아간 아버지의 곤고한 일생이 문득 생각나서 시 한 편을 급히 지은 적이 있었다. 이번 작품 분위기와 어울리는 면도 있어 그때 지은 시를 소개한다. 제목은 '대낮에 술 마시고'이다.

대낮에 술 마시고
우리 아버지
흐린 하늘
해를 치어다본다

해를 술잔으로 삼아
하늘을 다 따라 마시고 싶다

난층운
권적운
구름이 층층이 쌓여 있듯
우리 아버지
마음 골짜기마다
역사가 토해놓은 구토물 흥건하고

그 악취 견디느라
대낮부터 술 마시고
흐린 하늘

해를 치어다본다

시작詩作 메모에 이런 글이 첨부되어 있다.

"대낮에 술을 마신 어느 날, 5·16 쿠데타 직후 용공분자 혐의로 잡혀갔던 아버지를 기리며. 1995. 7. 10."

어려운 출판 현황에도 책 출간을 감행해준 한길사에 감사드리며 독자들의 열렬한 반응도 기대한다.

2024. 4. 1.
관악산 자락에서
조성기

아버지의 광시곡

잃어버린 그 세월의 초상

지은이 조성기
펴낸이 김언호

펴낸곳 (주)도서출판 한길사
등록 1976년 12월 24일 제74호
주소 10881 경기도 파주시 광인사길 37
홈페이지 www.hangilsa.co.kr
전자우편 hangilsa@hangilsa.co.kr
전화 031-955-2000~3 **팩스** 031-955-2005

부사장 박관순 **총괄이사** 김서영 **관리이사** 곽명호
영업이사 이경호 **경영이사** 김관영 **편집주간** 백은숙
편집 박홍민 박희진 노유연 이한민 배소현 임진영
관리 이주환 문주상 이희문 원선아 이진아 **마케팅** 정아린 이영은
디자인 창포 031-955-2097
인쇄 예림 **제책** 예림바인딩

제1판 제1쇄 2024년 4월 30일

값 17,000원
ISBN 978-89-356-7863-1 03810